CB036166

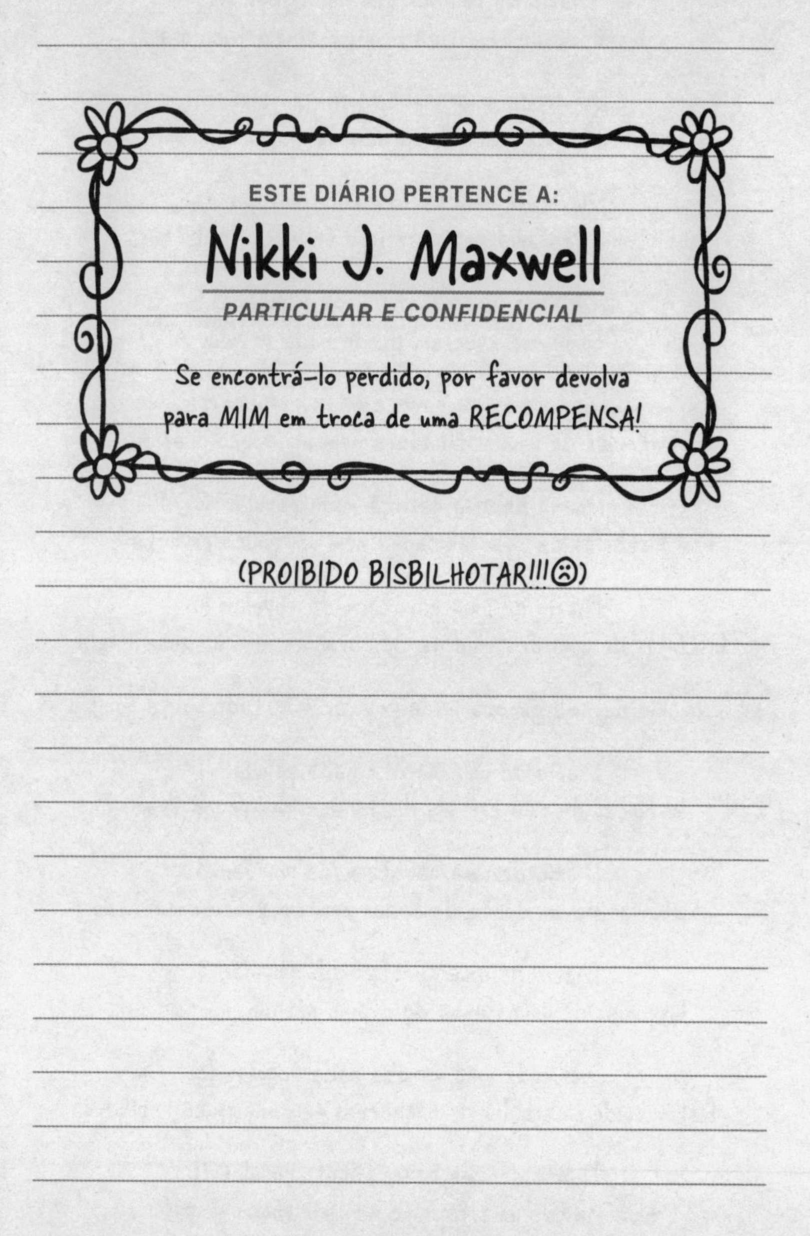
ESTE DIÁRIO PERTENCE A:
Nikki J. Maxwell
PARTICULAR E CONFIDENCIAL
Se encontrá-lo perdido, por favor devolva para MIM em troca de uma RECOMPENSA!
(PROIBIDO BISBILHOTAR!!! ☹)

TAMBÉM DE *Rachel Renée Russell*

Diário de uma garota nada popular:
histórias de uma vida nem um pouco fabulosa

Diário de uma garota nada popular 2:
histórias de uma baladeira nem um pouco glamourosa

Diário de uma garota nada popular 3:
histórias de uma pop star nem um pouco talentosa

Diário de uma garota nada popular 3,5:
como escrever um diário nada popular

Diário de uma garota nada popular 4:
histórias de uma patinadora nem um pouco graciosa

Diário de uma garota nada popular 5:
histórias de uma sabichona nem um pouco esperta

Diário de uma garota nada popular 6:
histórias de uma destruidora de corações nem um pouco feliz

Diário de uma garota nada popular 6,5: tudo sobre mim!

Diário de uma garota nada popular 7:
histórias de uma estrela de TV nem um pouco famosa

Diário de uma garota nada popular 8:
histórias de um conto de fadas nem um pouco encantado

Diário de uma garota nada popular 9:
histórias de uma rainha do drama nem um pouco tonta

Diário de uma garota nada popular 10:
histórias de uma babá de cachorros nem um pouco habilidosa

Diário de uma garota nada popular 11:
histórias de uma falsiane nem um pouco simpática

Rachel Renée Russell

DIÁRIO de uma garota nada popular

Com Nikki Russell e Erin Russell

Tradução: Carolina Caires Coelho

7ª edição

Rio de Janeiro-RJ/São Paulo-SP, 2024

VERUS EDITORA

TÍTULO ORIGINAL: Dork Diaries: Tales from a Not-So-Secret Crush Catastrophe
EDITORA: Raïssa Castro
COORDENADORA EDITORIAL: Ana Paula Gomes
COPIDESQUE: Anna Carolina G. de Souza
REVISÃO: Cleide Salme
DIAGRAMAÇÃO: Aline Cazzaro
CAPA, PROJETO GRÁFICO E ILUSTRAÇÕES: Lisa Vega e Karin Paprocki

ISBN 978-85-7686-667-1

VERUS EDITORA LTDA. Rua Argentina, 171, São Cristóvão, Rio de Janeiro/RJ, 20921-380 www.veruseditora.com.br

CIP-BRASIL. CATALOGAÇÃO NA PUBLICAÇÃO
SINDICATO NACIONAL DOS EDITORES DE LIVROS, RJ

R925d
Russell, Rachel Renée
Diário de uma garota nada popular 12 : histórias de um crush nem um pouco secreto / Rachel Renée Russell , com Nikki Russell e Erin Russell ; tradução Carolina Caires Coelho. – 7. ed. – Rio de Janeiro, RJ : Verus, 2024.
266 p. : il. ; 21 cm.
Tradução de: Dork diaries 12 : tales from a not-so-secret crush catastrophe
ISBN 978-85-7686-667-1
1. Ficção infantojuvenil americana. I. Russell, Nikki. II. Russel, Erin. III. Coelho, Carolina Caires. IV. Título.
18-47480 CDD: 028.5
CDU: 087.5

Revisado conforme o novo acordo ortográfico
Impressão e acabamento: Santa Marta

A todos os meus fãs nada populares
que têm um crush secreto

Vocês sabem quem são ☺!

QUARTA-FEIRA, 21 DE MAIO — 7H15
EM CASA

ÊÊÊÊÊ ☺!! Acho que estou sofrendo de PAIXONITE aguda!!

AI, MEU DEUS! Será que estou mesmo me... APAIXONANDO?!

... porque eu me sinto tão LOUCAMENTE feliz, que poderia VOMITAR raios de sol, arco-íris, confetes, glitter e aquelas balinhas coloridas! Meu coração está acelerado, a palma das minhas mãos estão suadas, e o frio que sinto na barriga está me deixando bem inquieta.

Infelizmente, não existe CURA...

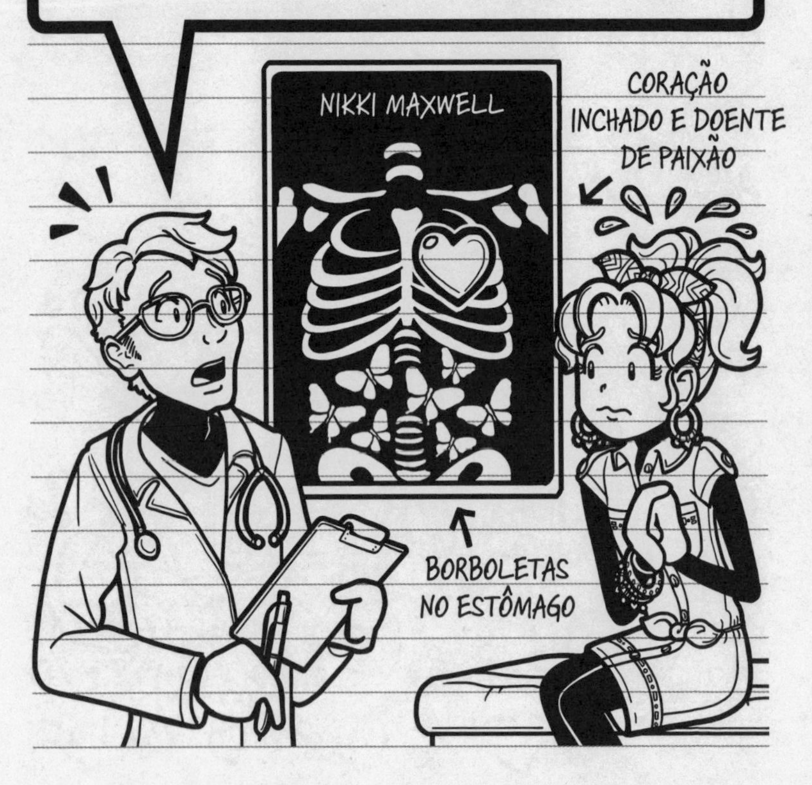

MEU DIAGNÓSTICO DE PAIXONITE

A forma como contraí essa paixonite é uma história meio longa e complicada. Eu estava prestes a tomar meu café da manhã e ir para a escola...

MARGARIDA,
VOCÊ NÃO PODE ESTAR COM FOME!
ACABEI DE TE DAR COMIDA!
AU! AU!

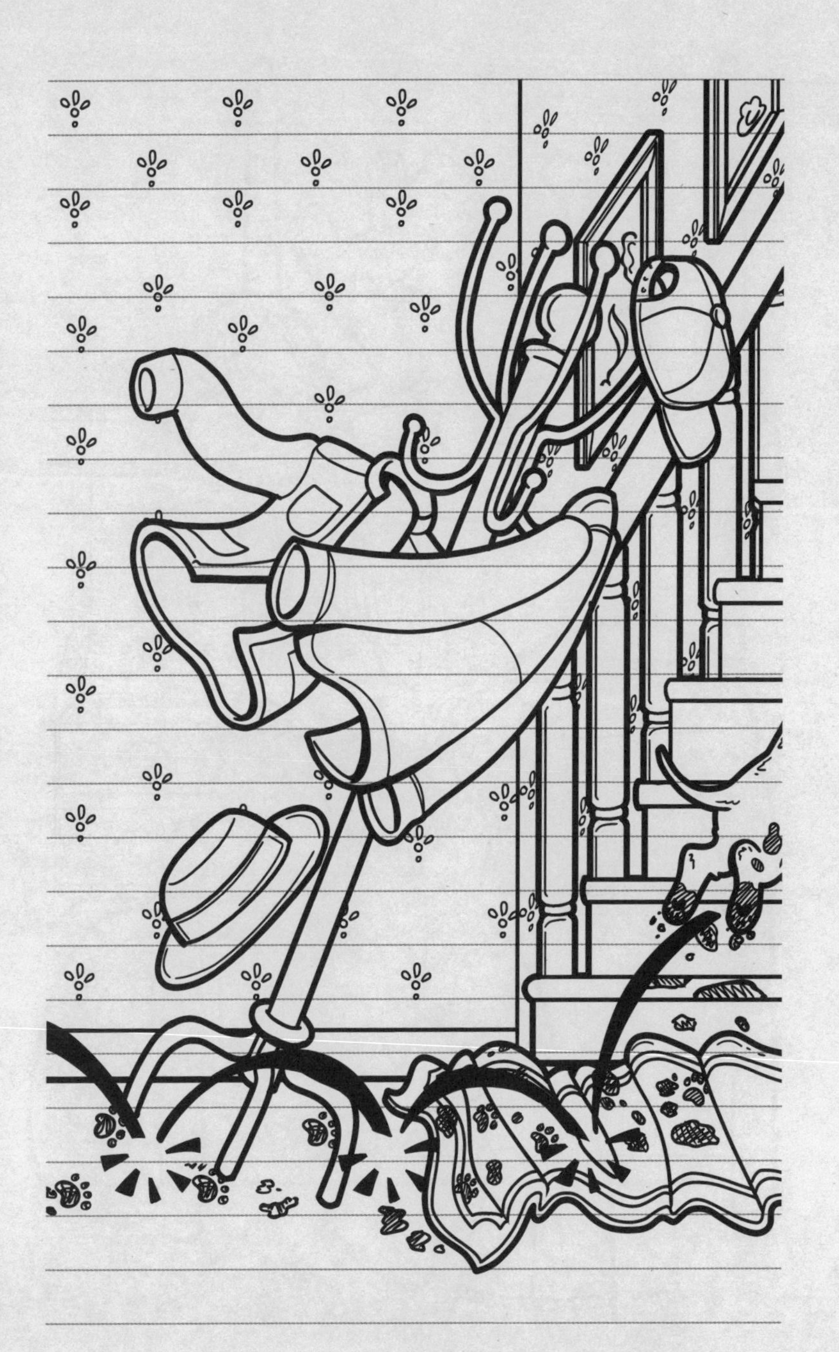

7:00AM

EU, REPREENDENDO A MARGARIDA POR SER UMA CACHORRINHA MUITO MÁ!

Não consigo acreditar que a Margarida é uma LADRA DE SALSICHAS. Mas espera aí! Ela é a *MINHA* ladra de salsichas lindinha!

Eu simplesmente NÃO conseguia entender como uma coisa tão pequenina, linda e fofa conseguia DESTRUIR a nossa casa toda em menos de três minutos.

Existe apenas UMA grande diferença entre a Margarida e a pirralha da minha irmã, a Brianna.

A Brianna deveria fazer suas necessidades fisiológicas DENTRO DE CASA, mas às vezes acidentes acontecem do lado de FORA! Já a Margarida deveria fazer as necessidades do lado de FORA, mas às vezes acidentes acontecem DENTRO DE CASA!

Eu mal havia começado a limpar a enorme sujeira que a Margarida tinha feito quando tive que sair correndo para fora para ela usar o banheiro.

Depois disso, ela se lançou em uma poça de lama e ficou pulando em mim para brincar.

Ai, meu Deus! Parecia que a Margarida e eu tínhamos nos envolvido numa luta na lama! E eu tinha PERDIDO ☹!

Eu estava tentando desesperadamente arrastá-la de volta para dentro de casa quando de repente encontrei o...

BRANDON?!
OI, NIKKI! E AÍ?
AU!
AU!

Ai, meu Deus! Fiquei com TANTA vergonha.

Eu estava totalmente coberta pelas marcas de pata cheias de lama da Margarida, da cabeça aos pés. Eu só queria abrir nossa caixa do correio, entrar nela e MORRER!!

Os olhos do Brandon brilharam enquanto ele mordia o lábio inferior. Estava bem claro que ele estava fazendo um baita esforço para não rir e me HUMILHAR ainda mais.

"Humm... você está bem?", ele perguntou.

"Claro, tá tudo... bem, na verdade. A Margarida e eu estávamos só dando uma voltinha e..."

"Espera, vou adivinhar. Decidiram rolar numa poça de lama?", o Brandon riu.

Não deu para evitar revirar os olhos para ele.

O Brandon explicou que ele tinha levantado cedo para entregar um material à pessoa que estava criando um site de doação para a Amigos Peludos, o centro de resgate de animais onde ele é voluntário.

A Margarida balançou o rabo toda animadinha e olhou para o Brandon como se ele fosse um petisco do tamanho de uma pessoa. Ele a pegou no colo e riu...

BRANDON, BATENDO UM PAPO COM A MARGARIDA

Foi quando lhe contei a travessura na qual a Margarida tinha se enfiado.

"Brandon, estou completamente esgotada, e saí da cama há apenas uma hora. Se a Margarida fosse um cachorro de brinquedo, juro que eu tiraria as pilhas dela e jogaria bem longe!", resmunguei.

"Isso é muito ruim. Olha, talvez algum treinamento de obediência resolva seu problema!", o Brandon sugeriu.

"Obrigada pelo conselho. Mas me parece algo SUPERintenso. Eu mal consigo sobreviver aos DEZ minutos de aquecimento da aula de EDUCAÇÃO FÍSICA", murmurei frustrada.

"Na verdade, o treinamento de obediência é para a MARGARIDA. Não para VOCÊ!", o Brandon riu. "Tenho certeza absoluta de que VOCÊ não come lixo nem bebe água da privada. Certo?!"

Só fiquei olhando para a cara do Brandon, chocada. Eu NÃO podia acreditar que ele tinha me feito uma pergunta tão PESSOAL como essa. Que FALTA DE EDUCAÇÃO!!

Foi quando comecei a me perguntar se a Brianna tinha fofocado sobre mim para o Brandon, bem nas minhas costas.

Eu NUNCA, EM HIPÓTESE NENHUMA, comeria LIXO! ECA ☹!

Bom, a menos que eu tivesse um motivo MUITO BOM para isso.

Tipo quando a Brianna acidentalmente jogou fora o saquinho branco com o meu cupcake de cobertura dupla e recheio duplo.

Eu tinha ACABADO de comprar o cupcake na CupCakery.

SIM! Eu admito que tive de vasculhar o lixo para encontrar.

E tinha um monte de geleia lá dentro, um pedaço de peixe pela metade, além de mingau de aveia gosmento do lado de fora da embalagem... parecia bem nojento.

Mas o cupcake ali dentro parecia normal, então eu COMI, sim...

EU, COMENDO DO LIXO!

Eu NUNCA, JAMAIS, beberia nada tão nojento como água da PRIVADA! EECA ☹!

Bom, não de propósito, pelo menos.

Algumas semanas atrás, o ursinho da Brianna, o Hans, caiu sem querer dentro do vaso. Cinco litros de água de privada espirraram em mim enquanto eu gritava...

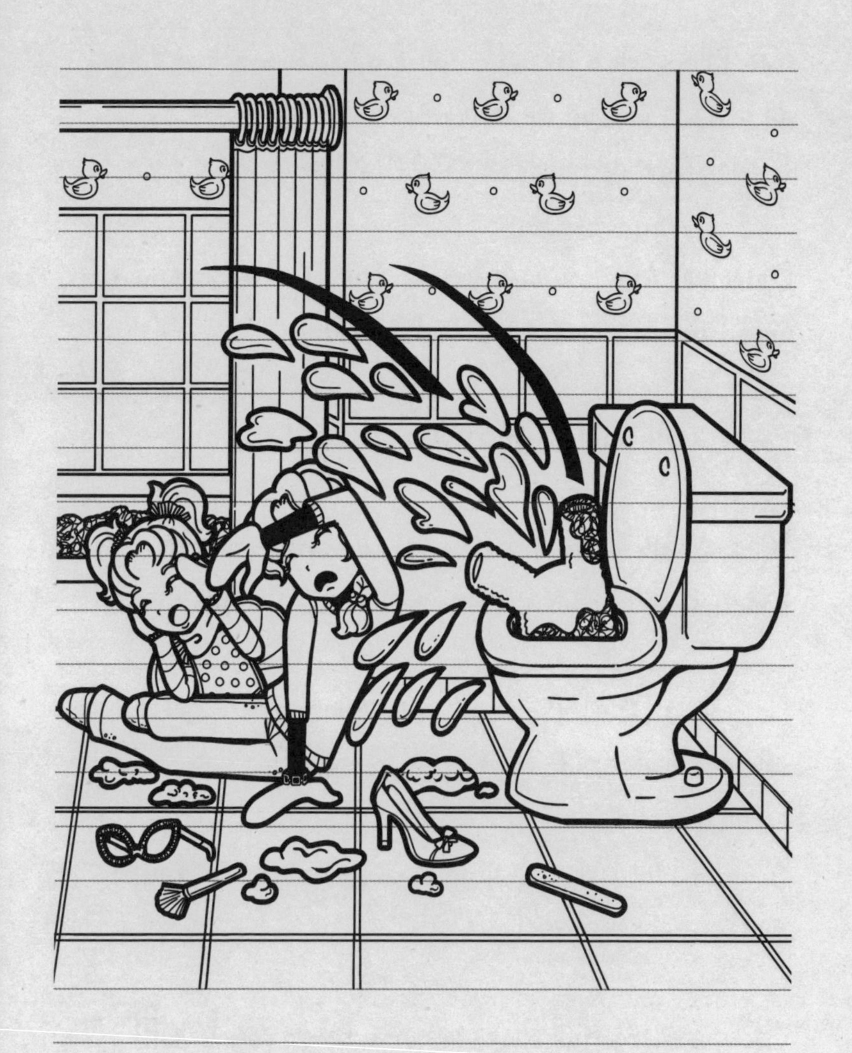

EU, ENGOLINDO ÁGUA DA PRIVADA!

Mas a minha cabeça NÃO FICOU presa dentro da privada, como se eu estivesse morrendo de sede ou algo assim.

Não falei para o Brandon sobre o lixo nem sobre a água da privada porque ele ia pensar que eu precisava de treinamento de obediência COM a Margarida ☹!

Desculpa! Mas sou uma pessoa MUITO tímida e não gosto de me expor para todo mundo!

Por fim ele mudou de assunto. Ainda bem!

"Olha, Nikki! Tenho uma ideia. Eu adoraria treinar a Margarida. Podemos fazer duas sessões por semana, lá no seu quintal."

"Isso seria DEMAIS!", exclamei. "Que tal às quartas e aos sábados, começando no próximo sábado?"

"Combinado! Estou ansioso para passarmos um tempo juntos. Vai ser divertido!"

"Bom, a Margarida adora passar o tempo com VOCÊ!", falei.

Foi quando o Brandon OLHOU FIXAMENTE para dentro das... profundezas obscuras da minha... alma. Em seguida, ele deu um sorriso meio tímido e afastou a franja dos olhos. Eu pensei que ia DERRETER!

"Na verdade, estou ansioso para passar um tempo com VOCÊ. Não com a sua CACHORRA!", ele corou...

SIM! O Brandon disse mesmo aquelas palavras para mim!

ÊÊÊÊÊ ☺!

Naquele exato momento, a PAIXONITE desabou sobre mim!

Como um MURO de tijolos!...

EU, SENDO ATINGIDA PELA PAIXONITE

"Hum, penso a mesma coisa, Brandon", soltei uma risada nervosa. "Nós vamos nos divertir pra valer! E com 'nós', quero dizer VOCÊ e eu. Não minha CACHORRA."

"LEGAL!", o Brandon falou enquanto exibia um sorriso amarelo.

"MUITO LEGAL!", corei.

Então respirei fundo várias vezes e tentei me acalmar para diminuir o frio na barriga.

POR QUÊ?

Porque eu tinha TOTAL certeza de que o Brandon CANCELARIA o treinamento de cachorro e se RECUSARIA a sair comigo se eu começasse a VOMITAR borboletas na calçada!

Tipo, QUEM faz ISSO?!!

Só uma DOIDA de pedra!!

Nós dois ficamos ali parados, sorrindo meio sem graça um para o outro pelo que pareceu, tipo, UMA ETERNIDADE!!!

Como o Brandon tinha concordado em me ajudar com a Margarida, eu me ofereci para ajudá-lo com o projeto do site da Amigos Peludos.

Ele ficou tão feliz, sorrindo de orelha a orelha.

Então eu vou fazer umas artes bem fofas para o site, no qual vamos trabalhar bastante no colégio.

Acho uma ótima ideia o Brandon e eu passarmos mais tempo juntos!

Espero que nos tornemos ainda mais amigos do que já somos.

Ele gosta muito de mim e eu gosto muito dele, então O QUE poderia dar ERRADO?!

Desculpa! Mas eu me RECUSO a deixar que algo ou alguém ESTRAGUE a nossa AMIZADE muito especial!

Bom, agora eu preciso parar de escrever. As aulas começam em menos de meia hora! E eu AINDA preciso terminar de limpar a casa e tirar essas roupas cheias de lama.

AI, MEU DEUS! Se a minha MÃE voltar do trabalho e encontrar essa ENORME BAGUNÇA que a Margarida fez, ela vai SURTAR.

Ela mandaria a Margarida e eu para a Amigos Peludos...

...PARA SERMOS ADOTADAS POR UMA NOVA FAMÍLIA!!

Mal posso esperar para contar para as minhas melhores amigas, a Chloe e a Zoey, a notícia incrível de que o Brandon e eu vamos passar um tempo juntos treinando a Margarida E cuidando do projeto dele da Amigos Peludos.

E como a Chloe lê muitos romances adolescentes e a Zoey curte autoajuda, tenho certeza de que elas vão me dar conselhos sobre como lidar com a minha PAIXONITE!

UAU! Tive o pensamento MAIS ESQUISITO de todos agora! Será que é CONTAGIOSO?!...

CORAÇÃO INCHADO E APAIXONADO

BORBOLETAS NO ESTÔMAGO

NUNCA SE SABE!! ☺!!

QUINTA-FEIRA, 22 DE MAIO — 9H45
NO MEU ARMÁRIO

Ontem, na hora do almoço, eu me abri com a Chloe e com a Zoey sobre a minha paixonite e tudo o que tinha acontecido entre o Brandon e eu.

Elas me apoiaram MUITO e me deram um abraço de URSO!...

A CHLOE, A ZOEY E EU EM UM ABRAÇO COLETIVO!!

"Nikki, você tem mais PROBLEMAS do que um livro de matemática!", a Chloe me provocou.

"Mas, ainda assim, nós AMAMOS você!", a Zoey riu.

A Chloe e a Zoey são praticamente ESPECIALISTAS em romance adolescente e me deram alguns conselhos incríveis...

Primeiro de tudo, um CRUSH pode ser um substantivo (a PESSOA por quem você está obcecada) ou um verbo (ter SENTIMENTOS especiais por essa pessoa). O que quer dizer que dá para ter um CRUSH pelo seu CRUSH ☺!

Também é perfeitamente normal se sentir NERVOSA e um pouco ESQUISITA perto do seu crush.

Droga, eu fico NERVOSA só de PENSAR EM como o Brandon me deixa NERVOSA!

Mas aqui está a parte bem doida. Porque você tem um COLAPSO NERVOSO, normalmente DIZ e FAZ coisas incrivelmente IDIOTAS e EMBARAÇOSAS que tornam sua paixonite ainda PIOR...

COMO SE HUMILHAR TOTALMENTE DIANTE DO CRUSH!

A BOA NOTÍCIA é que a história toda de ter crush é uma brincadeira sem maldade ☺! Seu crush provavelmente NUNCA vai saber que você tem um crush por ele.

Mas a MÁ NOTÍCIA é que mesmo o crush mais leve pode acabar evoluindo e se tornar uma CRISE DE PAIXONITE! E quando isso acontece você pode PERDER. A. CABEÇA!!...

UM CRUSH NORMAL SE TRANSFORMANDO EM UMA CRISE DE PAIXONITE!

A parte MAIS ASSUSTADORA é que, se a minha paixonite piorar, eu posso acabar perdendo aula!

E se chegar a ponto de eu ter que ficar NA CAMA o verão INTEIRO?!

Eu não conseguiria fazer outra coisa além de...

1. sonhar acordada com o crush

2. fazer desenhos do crush

3. ouvir músicas que lembrem o crush

E

4. escrever no meu diário sobre o crush.

De repente eu me dei conta de como minha situação era SÉRIA.

"Ai, Meu Deus! Chloe e Zoey! Eu poderia acabar acamada e sofrendo de PAIXONITE pelo resto da VIDA!!"...

EU, ME SENTINDO INSANAMENTE FELIZ E DESEJANDO QUE A MINHA PAIXONITE DURE PARA SEMPRE!!

Mas a coisa mais importante de que preciso lembrar é que a minha animação com a maioria dos crushes simplesmente desaparece com o tempo, quando amadureço e/ou finalmente percebo que o tal do CAVALEIRO na armadura reluzente é, na verdade, um FRACASSADO enrolado em PAPEL-ALUMÍNIO!

Tudo bem, eu tenho certeza ABSOLUTA de que o Brandon NÃO é um FRACASSADO em PAPEL-ALUMÍNIO. Mas eu entendo o ponto.

A Chloe e a Zoey me garantiram que o Brandon é um cara bem legal e que eu vou ficar bem.

Então vou seguir o conselho delas e tentar não me preocupar nem estressar com a situação.

Embora eu deva admitir que essas borboletinhas lindas e fofas na minha barriga me dão um pouco de

CÓCEGAS!

Finalmente terminamos o almoço, e então as minhas melhores amigas fizeram a coisa mais DOCE de todas. Elas me presentearam com um SUNDAE DE BROWNIE extragrande!

E, quando eu perguntei por que elas estavam sendo tão gentis comigo, a Zoey começou a rir e exclamou...

"Na verdade, estamos guardando todo o nosso dinheiro para as férias de verão. E comprar sorvete é MAIS BARATO do que pagar TERAPIA!!"

Elas são DEMAIS!

☺!

SEXTA-FEIRA, 23 DE MAIO — 14H30
NO MEU ARMÁRIO

Eu não consigo acreditar que as aulas terminam em pouco mais de uma semana. ÊÊÊÊÊ ☺!!

Apesar de o ano todo ter sido uma incansável FESTA DO DRAMA, passou rápido demais.

As férias de verão serão uma baita DIVERSÃO!!

Em julho, a minha banda, a Na Verdade, Ainda Não Sei, vai fazer uma turnê de um mês pelo país para abrir os shows da boy band superfamosa...

Isso não vai ser EMPOLGANTE DEMAIS ☺?!!

Trevor Chase, o produtor famoso no mundo todo, me pediu para montar um show de trinta minutos incluindo a nossa canção "Os tontos comandam!".

Nós retomaremos oficialmente os ensaios da banda quando as aulas terminarem. Ai, meu Deus! Não consigo nem imaginar como vai ser sair em turnê pelo país com o BRANDON ☺! E com os outros membros da banda também!

A Chloe e a Zoey estão SUPERanimadas e vêm falando sem parar sobre a nossa turnê. Elas também querem postar vídeos no YouTube sobre suas aventuras na turnê na esperança de estrelar o próprio reality show para a TV.

Elas até já têm um nome para o projeto: *Chloe e Zoey: adolescentes em turnê!*

Como melhor amiga das duas, a ÚLTIMA coisa que eu gostaria de fazer era desanimá-las de ir em busca de seu sonho de ter um programa na TV.

Mas, depois de estrelar meu programa em março, fiquei bem de SACO CHEIO de reality shows!...

EU, SURTANDO COM AS CÂMERAS DE TV POR TODOS OS LADOS ☹!

Estou ajudando a Chloe e a Zoey a terem ideias para o programa delas e vou tentar ajudar as duas POR TRÁS das câmeras.

Eu TAMBÉM me candidatei a uma bolsa de estudos no exterior, para estudar em PARIS, na FRANÇA, neste verão ☺!

AI, MEU DEUS! Dá para ME imaginar percorrendo a cidade e indo ao famoso museu de artes, o Louvre?...

EU, PASSANDO O VERÃO EM PARIS!

Pois é! Sinceramente, NÃO DÁ ☹!

Então com certeza NÃO vou ficar por aí prendendo a RESPIRAÇÃO, esperando que um VERÃO MÁGICO EM PARIS aconteça. POR QUÊ? Porque a VIDA NÃO é uma comédia romântica!

O maior MARCO para mim será que no outono eu FINALMENTE vou começar O...

ENSINO MÉDIO ☺!!

SIM! Vou mesmo ser uma NOVATA!

Os alunos do ensino médio são tão LEGAIS. E muito MADUROS. E bem SOFISTICADOS! O MELHOR é que eles têm idade para DIRIGIR!

AI, MEU DEUS! Dá para imaginar, a Chloe, a Zoey e eu indo para o colégio juntas de carro TODOS. OS. DIAS?!

E, como estaremos no ENSINO MÉDIO, seremos muito legais, maduras e sofisticadas TAMBÉM!!

Aposto que seremos tão diferentes que MAL vamos nos reconhecer no espelho. Ou dentro de um LINDO conversível esportivo rosa!...

A CHLOE, A ZOEY E EU NO ENSINO MÉDIO!

A melhor parte do ensino médio é que NÃO VOU mais ter um armário ao lado do da MacKenzie Hollister. Ainda bem ☺!

Eu falei que a MacKenzie foi transferida da Colinas de North Hampton DE VOLTA para o Westchester Country Day na terça-feira?!

POIS É!! Assim como um vilão assustador de um filme de terror... ELA VOLTOOOOOU!!

Ontem eu ouvi a MacKenzie SE GABANDO para os amigos, dizendo que alguns alunos da Colinas de North Hampton perguntaram por que ela estava saindo depois de menos de um mês e ela respondeu...

"Eu menti, fofoquei, dei apunhaladas pelas costas, espalhei boatos, destruí reputações e criei o caos. Meu trabalho AQUI está FEITO!"

Quer dizer, QUEM é que fala uma coisa dessas? Só uma egoísta e psicótica...

SOCIOPATA!!

Chamar a MacKenzie de GAROTA MALVADA é um elogio. Ela é a REENCARNAÇÃO DO MAL com aplique no cabelo e esmalte chamativo.

Quando a vida dá LIMÕES para a MacKenzie, ela MALICIOSAMENTE os espreme nos OLHOS das pessoas!...

MACKENZIE EXIBE SUAS HABILIDADES COM LIMÕES FRESCOS!

Eu tinha acabado de chegar à primeira aula quando me entregaram um bilhete da DIRETORIA.

Claro que eu fiquei MUITO preocupada. Recentemente, a MacKenzie tinha tentado me expulsar do colégio sob a falsa alegação de que havia sofrido bullying virtual. Era bem possível que agora ela estivesse criando MAIS drama.

Ou talvez o zelador do colégio FINALMENTE tinha descoberto que minhas melhores amigas e eu andávamos nos encontrando EM SEGREDO no depósito nos últimos NOVE MESES.

Poderíamos enfrentar uma semana de suspensão ☹!

De qualquer forma, depois de falar com a secretária, recebi uma notícia surpreendente.

Nosso colégio está recebendo alunos para mais uma semana do programa de intercâmbio com os demais colégios da região, e eu fui chamada para ser embaixadora dos alunos. QUE MARAVILHA ☹!

Acabei participando desse MESMO programa há uma semana na Academia Internacional Colinas de North Hampton. Aquela era para ter sido a última semana, mas parece que o programa foi bom e por isso foi prorrogado para que mais alunos de outros colégios pudessem participar.

Infelizmente, minha embaixadora foi uma rainha do drama egocêntrica chamada Tiffany.

AI, MEU DEUS! A garota era bem TRAIÇOEIRA! Ela fazia a MacKenzie parecer a Dora, a Aventureira!...

A TIFFANY PICHOU O ARMÁRIO DA MACKENZIE E COLOCOU A CULPA EM MIM!

Eu ADORARIA poder contar todos os detalhes sórdidos, mas ISSO está em outro DIÁRIO. De qualquer modo, a secretária disse que minha participação como embaixadora é OBRIGATÓRIA! Então não tenho escolha ☹!

Ela disse que tudo o que eu tenho de fazer é ser simpática e levar o aluno a todas as minhas aulas, a partir de segunda.

Mas, por causa do tamanho das salas, ela mudou temporariamente os horários das minhas aulas de educação física e meu horário na biblioteca, além de me passar para o horário de almoço mais cedo. Então parece que na próxima semana eu não vou me encontrar muito com a Chloe e com a Zoey ☹.

Isso é uma PORCARIA, porque JÁ fiz planos para passar o pouco tempo que tiver na próxima semana no colégio ajudando o Brandon com o site da Amigos Peludos, planejando a nossa turnê e tendo ideias com a Chloe e a Zoey para o projeto de vídeo delas.

Bom, a secretária da escola então me passou o nome do estudante e seu endereço de e-mail.

Acho que ela disse que era Angie.

Não, era... Andrea.

Acho.

Só espero que ela seja legal.

Entre a aluna de intercâmbio, o treinamento da Margarida, o projeto do Brandon da Amigos Peludos, a turnê de verão E os vídeos do YouTube das minhas melhores amigas, minha agenda para os últimos dias de aula vai ser...

DE MATAR ☹!!

Mas, felizmente, meu CRUSH e minhas melhores amigas são muito compreensivos e SUPERincentivadores!

Então O QUE poderia dar ERRADO?!

☺!!

SEXTA-FEIRA, 20 HORAS
NO MEU QUARTO

A Chloe e a Zoey passaram aqui depois das aulas. Pedimos pizza e ficamos conversando.

Confessei para as minhas melhores amigas que, depois de todo aquele DRAMA sem sentido com a Tiffany na Colinas de North Hampton, eu fiquei meio preocupada em passar uma semana inteira com a Andrea.

Tipo, E se a Tiffany e a Andrea fossem amigas?

A Andrea também poderia ser uma rainha do drama egocêntrica!

A Chloe e a Zoey tiveram uma ideia GENIAL!

Elas disseram que ajudaria se eu enviasse um e-mail simpático para a Andrea me apresentando ANTES de nos encontrarmos oficialmente na segunda.

Então foi exatamente o que eu fiz...

* * * * * * * * * * * * * * *

Oi,

Meu nome é Nikki, e recepcionarei você no Westchester Country Day. Estou ansiosa para te conhecer na segunda. Se tiver alguma pergunta, é só me dizer e eu vou respondê-la com prazer (desde que NÃO seja nada sobre a lição de geometria).

Cuide-se ☺!

Nikki

* * * * * * * * * * * * * * *

Assim que cliquei em enviar, imediatamente comecei a me arrepender.

E se a Andrea achasse o e-mail bobo e me considerasse bem imatura para a minha idade ☹?!

Cerca de quinze minutos depois, fiquei surpresa quando um e-mail apareceu na minha caixa de mensagens. Uau! Que RÁPIDA!

* * * * * * * * * * * * * * *

Oi, Nikki,

Valeu pelo e-mail. Não vejo a hora de te conhecer também.

Sinceramente, não estou muito confortável com a ideia de passar a semana no WCD. Me sinto ainda pior em relação a provas de geometria!

Qualquer conselho ou dica que você possa me dar sobre como me encaixar no WCD e NÃO fazer papel de IDIOTA será muito bem-vindo.

A.

* * * * * * * * * * * * * * *

Oi, A.,

Não se preocupe! Como na maioria dos colégios, grande parte dos alunos do WCD é bem legal. É só evitar as garotas malvadas e os garotos superirritantes e pronto. Nenhum deles tirou sarro das minhas pernas peludas. Ultimamente ☺!

Estou ansiosa para apresentar minhas melhores amigas a você, a Chloe e a Zoey. E o Brandon também. Ele é meu crush e TOTALMENTE FOFO! Você pode nos chamar de Branikki! Mas, POR FAVOR, não conte a ele que eu disse isso (HAHA). Vamos passar um tempo juntas. Vai ser divertido ☺!

Nikki

* * * * * * * * * * * * * * *

Oi, Nikki,

Valeu pelo conselho. Já me sinto muito melhor. Que bom que é você quem vai me recepcionar. Acabei de me transferir para a Colinas de North Hampton há algumas semanas, por isso ainda não fiz amigos aqui. Você tem sorte por ter amigos como a Chloe, a Zoey e o Brandon. Não vejo a hora de conhecer todos vocês.

A.

* * * * * * * * * * * * * * *

Oi, A.,

Ser a aluna nova é muito ruim! Já passei por isso, sei como é, senti na pele!

Recentemente, eu estive na Colinas de North Hampton para esse mesmo programa, então pode ser que a gente tenha se cruzado nos corredores. Conheci alguns alunos muito legais e fiz muitos novos amigos. Você devia pensar em participar do clube de ciências da Colinas de North Hampton. A gente fala mais sobre isso quando você chegar aqui. Tenha um ótimo fim de semana ☺!

Nikki

* * * * * * * * * * * * * * *

A ideia da Chloe e da Zoey foi excelente!

Depois da nossa troca de e-mails, era quase como se a Andrea e eu nos conhecêssemos.

Ela parece bem legal e tem um ótimo senso de humor.

Mal posso esperar para apresentá-la aos membros do clube de ciências da Colinas de North Hampton.

Para dar a Andrea boas-vindas calorosas, eu tive a ideia MAIS LEGAL DE TODAS.

Fiz uma placa de boas-vindas com cola glitter cor-de-rosa.

Eu acho que ela vai AMAR!...

BEM-VINDA,
ANDREA,
AO WCD!!

Bom, pelo menos a Andrea NÃO é uma SOCIOPATA egoísta e psicótica (como algumas pessoas que conheço).

Tudo bem, eu admito que estava enganada!

Parece que essa coisa de embaixadora de alunos NÃO vai ser UM GRANDE PROBLEMA, no fim das contas.

Vai ser DIVERTIDO!

E pode ser que eu acabe fazendo uma GRANDE amizade!

☺!!

SÁBADO, 24 DE MAIO — MEIO-DIA
NO MEU QUINTAL

Hoje foi a primeira sessão do treinamento de obediência da Margarida com o Brandon, e eu estava muito ansiosa.

Como ele trabalha como voluntário várias vezes na semana na Amigos Peludos, é um ótimo adestrador de cães. Eu não tinha dúvidas de que em pouco tempo a Margarida se tornaria a cachorra mais bem treinada da cidade toda.

Eu estava até pensando em inscrevê-la em um daqueles programas de cachorro SUPERlegais. Você sabe, aqueles em que pessoas frescas aparecem com seus cachorros frescos e se apresentam para um júri bem fresco e o vencedor leva um troféu enorme.

Daqui a alguns meses, podemos ser ESSAS PESSOAS!

ÊÊÊÊÊÊ ☺!

E o Brandon vai estar lá comigo e com a Margarida para registrar tudo...

MARGARIDA VENCE O CONCURSO!!

A Margarida e eu ficamos sentadas no quintal ouvindo com muita atenção enquanto o Brandon passava animadamente a primeira lição...

A PRIMEIRA SESSÃO DE TREINAMENTO DA MARGARIDA COM O BRANDON!

Primeiro, o Brandon prendeu a coleira no pescoço da Margarida.

Depois, para fazê-la andar, ele ofereceu um biscoito canino e o posicionou a alguns metros dela.

Meu trabalho era caminhar lentamente pelo quintal com a Margarida presa à coleira enquanto ela seguia o Brandon e o petisco.

Quando a Margarida o seguia calmamente, ele a presenteava com elogios e biscoitinhos.

Mas, quando ela se distraía ou começava a puxar a coleira, eu me mantinha imóvel até ela parar de se comportar mal.

A Margarida aprendeu bem depressa.

E, em pouco tempo, ela começou a andar pelo quintal com a coleira como uma profissional.

Até se entediar e decidir que seria mais divertido brincar com um ESQUILO...

MARGARIDA, TENTANDO FAZER AMIZADE
COM UM ESQUILO

Minha cachorra boboca seguiu o esquilo em círculos, sem parar, até que...

O BRANDON E EU ACABAMOS UM POUCO, HUMM... ENROSCADOS!!

"VOCÊ É UMA MENINA MÁ, MARGARIDA! MUITO MÁ!", eu gritei.

"NÃO, MARGARIDA, NÃO!", o Brandon deu uma bronca nela.

Mas ela só ficou ali parada, com cara de inocente, os grandes olhos castanhos de cachorra pidona nos encarando e fingindo não saber por que é que estávamos amarrados daquele jeito.

AI, MEU DEUS!

Aquilo foi tão EMBARAÇOSO!

E EMOCIONANTE!

E DIVERTIDO!

E meio ROMÂNTICO!!

Não conseguimos deixar de rir porque ficamos muito ridículos tentando nos livrar da guia da Margarida.

Apesar do FIASCO com o esquilo, nós dois concordamos que a Margarida é uma cachorra muito esperta e que tinha conseguido aprender a andar com a coleira.

Na nossa próxima sessão, o Brandon vai ensinar a Margarida a sentar e permanecer no lugar.

Só espero que seja tão ~~divertido e romântico~~ interessante e instrutivo como a lição de hoje.

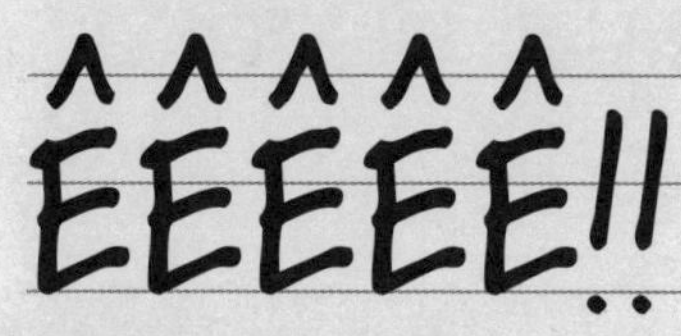

☺!!

SÁBADO, 15 HORAS
NO MEU QUARTO

Quando o Brandon foi embora, decidi terminar minha tarefa de história.

Eu estava no meu quarto quando alguém bateu à porta. Pensei que fosse a Brianna.

"Não, Brianna! Você não pode brincar com o jogo da Princesa de Pirlimpimpim no meu celular!", gritei. "Estou fazendo a minha lição de casa!"

Então meu pai abriu a porta e enfiou a cabeça ali dentro. "Nikki, sou eu. Preciso entrar nos meios sociais", ele disse. "Você pode me ajudar?"

"Meios sociais? Pai, do que você está falando?", perguntei.

"Você sabe. Estou falando do Instachat, do Snapgram, do Facefriends e do Tweetering! Quero tudo isso para a minha empresa, a Maxwell Exterminadora de Insetos!", ele falou, se acomodando na minha cama. SEM SER CONVIDADO!!...

MEU PAI QUER AJUDA COM A INTERWEB?

Minha mãe está no Facebook, em contato com seus amigos do ensino médio e ME envergonhando postando fotos NÃO AUTORIZADAS.

Mas meu pai? Ele ainda ouve os jogos de beisebol em um RADINHO de pilha bem antigo.

"Preciso estar na interweb, humm, quer dizer... na INTERNET, para conseguir mais trabalho", ele explicou. "Quero me cadastrar em todos aqueles sites famosos, como o Bookface e o Instagrammy. Preciso estar conectado e ligado com a juventude."

Pela forma como o meu pai tinha ASSASSINADO o nome de todas as redes sociais, eu duvidava que houvesse qualquer possibilidade de contato com a juventude. Não era à toa que ele não conseguia encontrar nenhuma dessas redes sociais.

Coloquei meu dever de história de lado e peguei o computador dele.

Ele observou quando digitei "redes sociais mais usadas" e então cliquei no link de um site. Em segundos, surgiu uma lista com links para todos os sites populares que ele queria.

"Pronto, pai", falei, lhe devolvendo o notebook.

"Obrigado, Nikki!", seu rosto se iluminou. "Agradeço muito pela ajuda. Na verdade, quero que fique com isto!"

Ele pegou a carteira e me deu o que, em um primeiro momento, pensei serem notas de dólar ☺! Mas não era dinheiro. Eram vales-presente ☹. Quatro vales para a pizzaria Queijinho Derretido que pareciam notas. Para ser exata: "Vale uma pizza GRÁTIS e um refrigerante grande aos sábados, das 13 às 15 horas".

"Obrigada, pai", sorri.

Eu tive a impressão de que ele tinha conseguido aqueles vales com o dono da pizzaria depois de ter dedetizado o local. Mas, como era bem possível que eu fosse COMER ali, não quis saber os detalhes sórdidos.

Acho que eu poderia muito bem vender os vales-presente na INTERWEB para levantar uma graninha. Certo, pai?!

DOMINGO, 25 DE MAIO — 16H30
NO MEU QUARTO

Hoje estava chovendo sem parar! O que significa que eu fiquei presa dentro de casa com a minha família MALUCA ☹!

Decidi passar um tempo estirada na cama, escrevendo no meu diário (você-sabe-sobre-quem!) e comendo chocolate.

Então peguei minha reserva secreta de doces ☺!

Na verdade, eu tinha de mantê-la escondida ou a Brianna devoraria tudinho em menos de sessenta segundos.

Ei! Já vi a Brianna fazer isso!

DUAS VEZES ☹!

Acho que a minha mãe queria se aproveitar totalmente do dia chuvoso. Então ela decidiu que precisávamos de um Tempo em Família.

"Está na hora de um Jogo de Tabuleiro Maluco!", ela anunciou feliz enquanto terminávamos de almoçar.

MINHA MÃE ANUNCIA O JOGO DE TABULEIRO MALUCO!

Acho que ninguém estava pronto para "RIR, RIR E RIR", porque de repente a sala foi tomada por um silêncio tão intenso que dava para ouvir os ratos confabulando na tubulação.

Pensando bem, o barulho era causado pela Brianna ENGOLINDO um copo de suco da Princesa de Pirlimpimpim.

"Eu adoraria poder participar, amor!", meu pai exclamou. "Mas o grande jogo do campeonato já vai começar!"

"Eu também, mãe! ADORARIA jogar uma partida emocionante de jogo de tabuleiro com você!", menti. "Mas meu reality show FAVORITO, o *Minha vida muito rica e fedida!* já vai começar, e é o episódio final, muito emocionante!"

Assim que meu pai e eu nos levantamos, minha mãe lançou aquele olhar de sentem-aí-se-vocês-têm--amor-à-vida.

Então é claro que a gente rapidamente voltou a se sentar.

NUNCA é uma boa ideia irritar a mamãe.

É aquele velho ditado: "Se a mamãe NÃO está feliz, NINGUÉM fica feliz!"

O que na verdade é a versão moderna daquele velho ditado popular: "O sofrimento adora companhia".

"UHU! Jogo de Tabuleiro Maluco!", a Brianna gritou. "Vou buscar um jogo de tabuleiro BEM LEGAL! Já volto!"

Minha mãe nos conduziu, meu pai e eu, para a sala de estar como dois detentos.

Eu estava achando que ela ia nos algemar ao sofá para nos impedir de tentar um ato perigoso, como ligar a TV.

Cerca de cinco minutos depois, a Brianna chegou saltitando na sala com uma bolsinha e uma embalagem de pizza cheia de marcas de pintura a dedo e glitter.

"Olha isso! Fiz o meu PRÓPRIO jogo! Ele se chama O Jogo Mais Divertido do Mundo da Brianna! Vocês vão AMAR! Vamos jogar? Por favor, mãe? POR FAVOOOOOOR?!", a Brianna implorou...

O JOGO MAIS DIVERTIDO DO MUNDO DA BRIANNA!

"ADORARÍAMOS brincar com o seu jogo, querida!", minha mãe sorriu. "Vai ser DIVERTIDO!"

A Brianna abriu a caixa de pizza.

Dentro dela, havia um jogo de tabuleiro feito à mão com quadrados aleatórios e rabiscos coloridos de giz que não faziam O MENOR sentido!

Eu não saberia dizer para qual direção deveríamos nos mover nem onde era a linha de chegada.

Parecia mais que ela tinha MASTIGADO giz de cera e CUSPIDO tudo no papel. Com os olhos fechados.

"Tá bom! Vou ser a dona do jogo!", a Brianna disse. "Papai, você pode ser o clipe de papel, e a mamãe pode ser a moedinha."

Ela lhe entregou os objetos.

"Legal! Vou ser o sapatinho fofo da Barbie!", eu abri um sorriso, pegando um sapatinho de salto brilhante cor-de-rosa.

"NADA DISSO!", a Brianna resmungou e puxou o sapatinho da minha mão. "Esse é MEU! Não se esqueça de que o jogo é MEU! Eu fiz, então eu MANDO nas coisas por aqui!"

E então ela mostrou a língua para mim.

Cruzei os braços e a encarei.

"Então o que devo usar para participar do seu jogo?! Não sobrou nada!", eu resmunguei.

A Brianna deu uma olhada dentro da caixa e, como esperado, não havia mais NENHUM objeto ali.

Mas ela simplesmente DEU DE OMBROS como se não fosse problema dela.

Foi quando tive uma ideia BRILHANTE!...

"AI, NÃO! Parece que não vou conseguir participar do seu jogo, Brianna! Estou TÃO triste!" Fingi fazer um bico como se estivesse prestes a chorar. "Acho que vou ter que assistir ao episódio final do *Minha vida* muito rica e fedida! enquanto vocês se DIVERTEM pra valer! Mas eu vou superar! TCHAU!"

"Ei! Espera um pouco!", a Brianna sorriu ao arrancar uma fatia mofada de pepperoni que estava grudada no fundo da caixa. "Aqui, Nikki! ESTA é a SUA pecinha!"

"Eu não quero essa coisa nojenta!", gritei.

"Mas esta é a MELHOR!", a Brianna exclamou. "Se sentir fome e quiser um petisquinho, pode mastigá-la. Depois, quando for a sua vez de jogar, é só colocar o pepperoni no tabuleiro. Aposto que você consegue mastigá-lo por horas! Como se fosse um chiclete."

Foi quando senti vontade de vomitar.

"MÃE?!", resmunguei, esperando que ela desse um jeito na situação.

"Nikki, você está ACABANDO com a diversão!", a minha mãe me deu uma bronca. "A Brianna se esforçou muito para fazer esse jogo, então se acalme! Pegue a fatia de pepperoni e tente ter espírito esportivo, está bem?"

Ressentida, eu peguei o pepperoni NOJENTO, tentando não tocar o bolor, e o coloquei na casinha de "começo", que estava escrito "conheço".

"Mamãe, você primeiro", a Brianna disse.

Minha mãe jogou o dado e andou quatro casas.

"Agora, essa parte é divertida!", a Brianna gritou e pegou uma caixa de cartões escritos com tinta preta com aquela caligrafia torta dela. "Você tem que fazer o que estiver escrito no cartão!"

Mas, em vez de pegar um cartão do topo da pilha, ela rapidamente procurou até encontrar um de que gostasse.

"Aqui está, mamãe. Este é o SEU cartão!"

Minha mãe leu o cartão...

VOCÊ É LINDA E LEGAL COMO A PRINCESA DE PIRLIMPIMPIM. AVANCE ~~SETI~~ SETE CASAS!

"Que fofo!" Minha mãe sorriu e moveu a moeda por sete casas. "Este jogo é DIVERTIDO!""

"Certo, papai, é a sua vez!", a Brianna falou.

Então meu pai jogou o dado e avançou cinco casas.

E aí a Brianna pegou uma carta. Meu pai leu...

HOJE É SEU DIA DE ~~SOTE~~ SORTE!
FAÇA UMA DANCINHA E DEPOIS
AVANCE SEIS CASAS!

"Uhu!", meu pai exclamou. Ele ficou de pé e se remexeu, incluindo a dança do pintinho amarelinho e alguns movimentos que ele copiou de um clipe do Justin Bieber.

ECA!

Agora nunca mais vou conseguir assistir àquele vídeo sem me lembrar da dancinha do meu pai!

Em seguida, era a MINHA vez.

Joguei o dado e avancei três casas.

"AH, NÃO!", a Brianna disse, lendo a carta que ela tinha selecionado para mim.

Ela me passou o cartão, e eu li em voz alta...

VOCÊ É FEIA E COME TITICA!
FICA UMA RODADA SEM JOGAR!
FOI MAL...

"COMO É QUE É?", eu gritei. "Isso NÃO é JUSTO! Por que eu tenho que ser a PERDEDORA feia e comedora de... titica?"

"Porque o jogo é MEU e eu crio as REGRAS!", a Brianna soltou, empinando o nariz e com a mão na cintura.

"Tá bom, TUDO BEM!", resmunguei. "Pensei que isso era para ser DIVERTIDO!"

Eu estava BEM cansada do jogo IDIOTA da Brianna!

"Ei, pessoal, AGORA é a MINHA vez!", a Brianna deu uma risadinha. Ela jogou o dado e avançou três casas com o sapato de Barbie.

"Agora, eu pego uma carta!", ela disse enquanto escolhia rapidamente uma carta do monte.

"AI, MEU DEUSINHO! Minha carta diz..."

VOCÊ É A MELHOR JOGADORA DO MUNDO E TEM DIREITO A PEGAR TRÊS DOCES DA CAIXA DE TESOUROS DOCES! PARABÉNS!!!

"QUAL caixa de tesouros doces?!", perguntei.

"ESTA AQUI!", a Brianna respondeu quando pegou o saco plástico e abriu.

Quase tive um...

ATAQUE DO CORAÇÃO!

Ali dentro estava a minha reserva PRECIOSA de doces!

AQUELA LADRA PIRRALHA TINHA ENTRADO NO MEU QUARTO E ROUBADO TODA A MINHA RESERVA DE DOCES?!!

"DE JEITO NENHUM!", protestei. "Eu ODEIO esse jogo IDIOTA. QUERO MINHA RESERVA DE DOCES DE VOLTA, BRIANNA!"

"Ah, para com isso, Nikki! São apenas doces. Você pode pegar mais quando quiser!", meu pai me deu uma bronca. "Vamos tentar nos divertir um pouco brincando com a sua irmã mais nova!"

"Concordo! Esta é uma oportunidade para você se tornar um excelente exemplo para a Brianna. Por isso, tente não ser uma PERDEDORA CHORONA!", minha mãe disse.

Não era à toa que eu não estava gostando nada daquilo.

Sempre que chegava a MINHA vez, eu acabava com uma carta idiota na qual estava escrito algo do tipo...

VOCÊ VAI SEMPRE SER FEIA MESMO COM MIL PLÁSTICAS! VÁ PARA A PRISÃO! SINTO MUITO!!! ☹

Ou...

VOCÊ FEDE DEMAIS E ~~PECISA~~ PRECISA DE UM BANHO! VOLTE PARA O ~~CONHEÇO~~ COMEÇO. E FIQUE UMA RODADA SEM JOGAR!! FOI MAL!!!!...

E, sempre que era a vez da Brianna, ela ganhava o direito de comer vários outros dos MEUS doces. Fiquei ali ENCARANDO os três totalmente REVOLTADA! Eu não podia acreditar que estava sendo FORÇADA pelos meus PRÓPRIOS pais a assistir à pirralha da minha irmã DEVORAR os meus doces enquanto passava o episódio final do reality *Minha vida muito rica e fedida!*

Fiquei com muita vontade de entrar em contato com o juizado de menores e denunciá-los por MAUS-TRATOS ☹!!

Por fim, a Brianna tinha criado um plano bastante ingênuo para colocar aquelas mãozinhas GRUDENTAS nos meus PERTENCES!

No fim do jogo, minha irmã já tinha comido quase metade dos meus doces! Havia chocolate espalhado por todo o seu rosto e ela parecia até meio enjoada...

"Minha nossa! Acho que esse jogo saiu totalmente do controle!", minha mãe disse, parecendo um pouco irritada.

Meu pai ergueu a Brianna do chão. "Você comeu doces demais, mocinha. Acho que precisa descansar um pouco para curar essa dor de barriga."

"Mas eu quero continuar jogando!", ela resmungou com a voz fraca. "NUNCA consigo COMER todos os doces da Nikki que eu quero!"

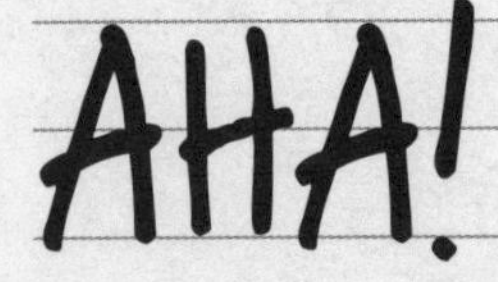

Exatamente como eu desconfiava!!

O objetivo do jogo da Brianna era ter acesso aos meus doces, e meus pais caíram naquele papo furado.

Vou dar créditos a Brianna por ser uma geniazinha malvada de maria-chiquinhas e tênis cor-de-rosa do Pequeno Pônei!

Mas me recuso a sentir tanta pena assim dela.

Da próxima vez em que formos brincar do Jogo de Tabuleiro Maluco, vamos jogar DO MEU JEITO!

Meu jogo de tabuleiro vai se chamar JOGO DO BRÓCOLIS e vai ter TODAS as comidas que a Brianna DETESTA!!

Fica esperta, irmãzinha!

Minha VINGANÇA vai ser verde, grande e asquerosa! E SAUDÁVEL!

Mal posso esperar para dar para a Brianna um cartão em que esteja escrito...

Hoje é seu dia de sorte!
Você vai beber cinco litros de suco verde! Foi mal! ☹

E sei lá! Se eu estiver muito VINGATIVA, posso até jogar uma fatia de PEPPERONI MOFADO para dar mais sabor!

De qualquer modo, como o *Minha vida muito rica e fedida!* já acabou, posso tentar terminar minha lição de casa, que passei o fim de semana todo enrolando para fazer.

Estou ansiosa para as aulas amanhã.

Finalmente vou poder conhecer a aluna da Colinas de North Hampton, a Andrea.

E vai ser DIVERTIDO!

ÊÊÊÊÊ!!

☺!!

SEGUNDA-FEIRA, 26 DE MAIO — 12H15
NO BANHEIRO DAS MENINAS

Eu deveria ter almoçado com a Chloe, a Zoey e o Brandon para ajudá-los com seus projetos.

A Chloe e a Zoey querem começar a gravar vídeos para praticar na semana que vem.

E o Brandon precisa colocar a página da Amigos Peludos no ar antes do evento anual de caridade, que começa no dia 5 de junho.

Mas, infelizmente, tive que cancelar porque vou almoçar mais cedo e precisava encontrar a aluna do intercâmbio estudantil ao meio-dia. E, como essa coisa de embaixadora de alunos é OBRIGATÓRIA, não tive escolha.

Ao meio-dia, peguei minha placa de boas-vindas e desci correndo até a diretoria.

Esperei na frente da porta...

Mas logo ficou muito claro que eu tinha cometido um erro ENORME. COMO eu acidentalmente pude ter errado algo tão simples como um NOME?!

O nome certo NÃO ERA Andrea!...

...O NOME DELE ERA ANDRÉ!

Fiquei olhando para ele chocada e boquiaberta, e então eu disse...

"AI, MEU DEUS, VOCÊ É UM GAROTO?!"

Claro que, depois de dizer isso, eu me senti MUITO IDIOTA.

Pude sentir meu rosto ficando vermelho de vergonha.

"Sim, Nikki. Sou um garoto. Sinto muito por você estar meio decepcionada."

"NÃO! Eu n-não estou", gaguejei. "Seria IDIOTA se sentir assim só porque você é um garoto! Humm, quer dizer... seria idiota da MINHA parte. NÃO estou dizendo que VOCÊ é idiota por se sentir assim. Porque a maioria dos garotos é... quer dizer, NÃO É! O que eu quero dizer mesmo é que... humm, sou só EU ou realmente está CALOR aqui?"

De repente, o André se aproximou e olhou bem na minha placa de boas-vindas.

ANDRÉ OBSERVA MINHA PLACA

Tentei cobrir o nome errado e agir como se não fosse grande coisa...

Mas por dentro eu estava SURTANDO completamente!

AI, MEU DEUS! Eu NÃO podia acreditar que eu havia contado a um GAROTO todas aquelas coisas MUITO pessoais sobre as minhas pernas peludas, meu crush e o "Branikki".

E SE ele contar para o colégio INTEIRO ☹ ?! Pior ainda, E SE ele contar para o MEU colégio inteiro e para o DELE ☹ ?!! Minha reputação seria mais PATÉTICA do que já é. A fofoca me acompanharia até o ensino médio e destruiria totalmente os melhores anos da minha vida.

De repente notei que o André estava me encarando fixamente.

"Hum... você está bem?", ele perguntou.

Eu abri um sorriso amarelo e muito animadamente disse:

"André, que bom finalmente poder te conhecer. Espero que você aproveite a sua semana aqui no colégio Westchester Country Day. Está pronto para o nosso tour?"

Bom, eis algumas informações sobre ele. O pai do André é francês e trabalha para as Nações Unidas, já a mãe é jornalista e americana. A mãe e o padrasto moram aqui, e o pai tem uma casa aqui e outra em Paris. Ele disse que participou do programa do museu do Louvre para alunos talentosos e que ADORARIA me apresentar a cidade se um dia eu fosse a Paris.

E então a coisa MAIS ESQUISITA de todas aconteceu. O André meio que me encarou e perguntou se podia me chamar de Nicole em vez de Nikki. Disse que o nome é famoso na França e que é bonito e interessante, que significa "vitoriosa", o que combina muito mais comigo.

AI, MEU DEUS! Eu quase MORRI por causa da enorme queda de pressão porque corei demais.

"Humm... claro, André! Na realidade, meu nome verdadeiro É mesmo Nicole", falei animada e então eu sorri.

O André me parece quase... PERFEITO! Tipo um personagem saído de um dos romances adolescentes perfeitos da Chloe!

Não sei o que está ACONTECENDO comigo. Quando ele me perguntou qual é a minha matéria favorita, me deu um branco total.

Também não conseguia lembrar a senha do meu armário.

Fiquei procurando meu telefone para gravar o número do celular dele sendo que o aparelho estava na minha mão.

Foi quando eu pedi muito educadamente ao André para aguardar na biblioteca (SÓ encontrei a biblioteca porque estávamos bem na frente dela) enquanto eu ia ao banheiro feminino do outro lado do corredor para ver se tinha deixado meu CÉREBRO lá!

Sim! Eu disse mesmo meu CÉREBRO! Ou talvez eu o tenha acidentalmente feito descer descarga abaixo quando estive ali mais cedo. Porque nesse exato momento está bem CLARO que estou sem cérebro NENHUM ☹!!

Então corri para o banheiro das meninas para tentar me acalmar, porque estava tendo um ENORME COLAPSO! Eu disse a mim mesma: "Fique calma, caramba. VOCÊ consegue. Respire fundo e repita:

"EU CONSIGO FAZER ISSO!!
EU CONSIGO FAZER ISSO!!"

Ótimo trabalho! Agora, olhe no espelho e diga mais uma vez...

EU, TENDO UM COLAPSO NERVOSO!!

Para deixar as coisas ainda PIORES, acabei de receber um e-mail muito importante.

Mas estou com medo de abrir e ler.

Estou me sentindo SUPERnervosa e totalmente estressada! Mas, mais do que qualquer coisa, eu me sinto... ABALADA!!

Então, desesperadamente, enviei uma mensagem de texto para a Chloe e para a Zoey:

NIKKI: SOCOOOOORRO ☹!! Perdi completamente a cabeça. E, como é a única que tenho, estou saindo para procurar. Mas, se por acaso a minha cabeça voltar antes de eu encontrá-la, façam o grande favor de trancá-la no depósito do zelador até eu voltar.

ZOEY: ??????????

CHLOE: Vc enlouqueceu?!!!!!

NIKKI: Provavelmente. Acabei de deixar um cara absurdamente bonito na biblioteca e corri para o banheiro para GRITAR comigo mesma na frente do espelho! Já volto! Estou olhando na privada para ver se meu cérebro desaparecido está aqui.

CHLOE: ????????

ZOEY: ????????

LEMBRETE!!

Não abrir o e-mail que acabei de receber da madame Danielle, a professora de francês da Colinas de North Hampton, com o título: "RE: DECISÃO SOBRE A VIAGEM ESTUDANTIL DE ARTE & CULTURA PARA PARIS".

POR QUÊ?

Porque, se eu tiver de lidar com mais DRAMA ainda, minha CABEÇA vai EXPLODIR!!

E eu NÃO quero ser publicamente HUMILHADA quando minha cabeça EXPLODIR no colégio na frente de todo o corpo estudantil.

E, humm... do André.

☹!!

SEGUNDA-FEIRA, 14H30
NO MEU ARMÁRIO

Passei quase duas horas mostrando todo o WCD ao André.

Diferentemente de alguns alunos da Colinas de North Hampton, ele parece bem simpático e tem senso de humor.

A gente se deu muito bem, e olha só! NÓS DOIS AMAMOS ARTE!

O único problema é que ele me deixa SUPERnervosa!

Não sei por quê. Ele simplesmente... CONSEGUE!!

O André ainda não conseguiu conhecer nenhum outro aluno.

Mas, depois das minhas mensagens de texto malucas, a Chloe e a Zoey estão LOUCAS para CONHECÊ-LO.

Na última hora, minhas melhores amigas me mandaram mais de uma dúzia de mensagens de texto.

Meu telefone estava fazendo tanto barulho que eu o coloquei no silencioso.

Eu não podia acreditar que eles estavam implorando para que eu tirasse uma selfie com o André e a ENVIASSE para que elas pudessem ver "como ele é LINDO!"

Foi mal, Chloe e Zoey ☹! Mas eu só conheço o cara há, tipo, cinco minutos.

NÃO vou fazer papelão dizendo: "Humm, André, você se importaria de tirar uma selfie comigo bem rapidinho? Minhas melhores amigas estão LOUCAS para ver como você é LINDO!"

Tipo, isso seria muito INFANTIL!

Pelo menos, a Chloe e a Zoey não ficaram muito chateadas comigo quando eu disse, mais cedo, que não poderia encontrá-las para ajudar com o projeto dos vídeos.

Depois que o André e eu terminamos o tour, eu lhe mostrei onde ficava o armário e disse que ele poderia me enviar uma mensagem de texto se tivesse alguma pergunta.

Ele precisava sair mais cedo para ir ao dentista, então caminhei com ele até a entrada principal.

Pensei que o pai estivesse esperando para pegá-lo no portão do colégio, mas ele disse que era o chofer!...

Sim! O garoto está no ensino médio e tem CHOFER!

Dá para acreditar nisso?

Deve ser LEGAL!!

A gente combinou de se encontrar amanhã de manhã no meu armário e então seguir para a aula.

Depois que o André foi embora, decidi ler aquele e-mail sobre a excursão para Paris em agosto. Eu só saberia se tinha sido aceita em mais uma semana, mas tinha certeza de que aquela era uma enorme REJEIÇÃO!

Ainda que minha cabeça explodisse, a única pessoa por perto era a MacKenzie, e ela não estava nem aí.

A menos, claro, que alguma coisinha pingasse no sapato dela. Nesse caso, ela teria um verdadeiro colapso!

Prendi a respiração enquanto lia o e-mail com nervosismo:

"Cara Nikki, blá-blá-blá-blá..."

EU, LENDO O E-MAIL COM NERVOSISMO

CONSEGUI UMA VAGA NA EXCURSÃO!!

Infelizmente, não tive a chance de ler o e-mail TODO porque fui interrompida de um jeito muito GROSSEIRO.

Adivinhem por quem?!...

MacKenzie ☹!!

"Então, deve ser uma viagem de negócios em família? Não sabia que Paris estava infestada de BARATAS!", ela riu.

Certo, é verdade. Meu pai é exterminador de insetos. Grande coisa!

Mas por que é que a queridinha começou com aquelas ofensas HORROROSAS?

Eu nem estava FALANDO com ela ☹!

Foi quando, de repente, eu olhei horrorizada para a MacKenzie.

"AI, MEU DEUS!! MACKENZIE!! É O SEU... NARIZ!!", arfei. "Não acredito. Seu NARIZ!"

Ela imediatamente entrou em pânico e levou a mão ao nariz.

"O QUE TEM DE ERRADO COM O MEU NARIZ?!"

"ELE ESTÁ SE METENDO NAS MINHAS COISAS! DE NOVO!", exclamei. "POR FAVOR, TIRE SEU NARIZ DAS MINHAS COISAS!"

A MacKenzie revirou os olhos ao olhar para mim. "Nikki, em vez de se preocupar com o meu nariz, você deveria se preocupar com o seu rosto. Você tem CARA DE BUNDA, e, quando os cachorros se aproximam, eles cheiram seu ROSTO primeiro! Sei que você tem INVEJA, Nikki, mas não ME ODEIE só porque sou linda!"

"Você acha mesmo que eu sinto inveja? MacKenzie, seus cabelos são FALSOS, suas unhas são FALSAS, seus cílios são FALSOS, seu bronzeado é FALSO! Consigo COMPRAR a sua beleza por um preço bem camarada na lojinha de um 1,99!"

"Bem, não se sinta TÃO mal, Nikki! Você pode usar o PHOTOSHOP nas fotos do seu rosto!"

"Pelo menos, eu tenho esperança, MacKenzie. Você não pode usar o Photoshop na sua PERSONALIDADE DE BUNDA! Mas seu pai é bem rico! Então talvez você possa pedir para ele comprar uma nova de aniversário para você."

Foi quando a MacKenzie me ignorou totalmente.

Ela deu uma olhada no espelho e passou, tipo, quatro camadas de gloss labial Pêssego Pitoresco.

Então ela jogou os cabelos, revirou os olhos para mim mais uma vez e SAIU REBOLANDO.

Eu simplesmente ODEIO quando a MacKenzie REBOLA!

A MacKenzie é TÃÃÃÃÃO forçada!

Ela me faz querer...

GRITAR!!

Mas, em vez de pensar na MacKenzie, decidi me concentrar nos meus INCRÍVEIS planos de verão!

Eles eram EMPOLGANTES o bastante para deixar até mesmo a MacKenzie VERDE de inveja!

JUNHO: Humm... eu já disse que meu aniversário é em junho?

JULHO: Estarei em turnê com as minhas melhores amigas em julho.

AGOSTO: Vou para Paris em agosto.

SETEMBRO: E então começo o ensino médio em setembro!

Eu NÃO deixaria que as bobagens de GAROTA MALVADA da MacKenzie ESTRAGASSEM meu bom humor!

Além disso, eu estava distraída demais. Já estava me imaginando tirando selfies em PARIS!...

EU EM PARIS

Esse vai ser o MELHOR verão da minha vida INTEIRA!! ☺!!

TERÇA-FEIRA, 27 DE MAIO — 6H45
NO MEU QUARTO

AI, MEU DEUS! Finalmente li aquele e-mail TODO ☹!

E agora tenho um PROBLEMA BEM GRANDE!

Na verdade, GRANDE é apelido. É...

MONSTRUOSO!

Este é o meu problema...

GANHEI A EXCURSÃO PARA PARIS ☹!!

Eu sei. Essa notícia DEVERIA ser BOA.

Eu deveria estar fazendo a minha "dancinha feliz" do Snoopy em cima da cama, em vez de estar aqui, largada, SUPERdeprimida, olhando para a parede fazendo BICO.

Reli o e-mail que eu havia recebido da madame Danielle pela QUINTA vez...

DE: Madame Danielle

PARA: Nikki Maxwell

RE: Decisão sobre a viagem estudantil de arte & cultura para Paris

Cara Nikki,

Parabéns! Você foi selecionada para participar da viagem de arte & cultura para Paris, na França, este ano patrocinada pela Academia Internacional Colinas de North Hampton.

Você vai receber seu Pacote de Registro para Excursão de Alunos para Paris em breve. Mas certifique-se de que a autorização dos responsáveis seja assinada e devolvida até quarta-feira, dia 11 de junho, para que sua vaga seja reservada no programa.

Estamos felizes em anunciar que expandimos nosso programa de dez para catorze dias. Para que essa alteração seja possível, neste ano a nossa viagem ocorrerá de 7 a 20 de julho. Caso tenha alguma pergunta ou dúvida, sinta-se à vontade para entrar em contato comigo.

Atenciosamente,
Madame Danielle

Eu estava torcendo para, de algum modo, ter lido errado as datas da viagem.

Mas eu não tinha feito isso!

A minha excursão para Paris está marcada para duas semanas em julho, bem no meio da minha turnê com a BAD BOYZ!

ÑÃÃÃÃÃOOO ☹!!

Essa sou eu GRITANDO.

Não acredito que vou ter que escolher entre os dois — PARIS ou a TURNÊ ☹! Vai ser quase IMPOSSÍVEL fazer isso!

A excursão de catorze dias para Paris é uma oportunidade única de estudar arte no mundialmente conhecido museu do Louvre.

Mas a turnê com a Bad Boyz será uma experiência incrível para meus amigos e para mim! E tenho certeza de que isso aumentaria a popularidade da nossa banda.

Acho que preciso falar com o Brandon, a Chloe e a Zoey, já que os três estão envolvidos nisso.

Mas tenho certeza de que provavelmente eles me dirão para seguir meu coração.

Acho que eles vão apoiar qualquer decisão que eu tomar.

Tenho tanta SORTE por ter amigos como eles!

AI, MEU DEUS!

Essa é a decisão mais difícil que já tomei na minha vida inteira.

☹!!

TERÇA-FEIRA, 15H35
NA ESCOLA

Meu dia com o André foi um verdadeiro CIRCO!

Quando eu o apresentei para a Chloe e a Zoey mais cedo, elas quase enlouqueceram.

"André, estas são as minhas melhores amigas, Chloe Garcia e Zoey Franklin", falei.

"Oi, Chloe e Zoey, é um prazer conhecê-las!", o André disse conforme apertava a mão delas. "As melhores amigas da Nicole são as minhas melhores amigas!"

"Oi, André!", a Chloe cumprimentou, piscando tão rápido que parecia que suas lentes de contato tinham secado ou alguma coisa assim.

"Prazer em te conhecer, André!", a Zoey praticamente sussurrou e então riu descontrolada.

Eu não sabia o que tinha dado nas minhas amigas. POR QUE elas estavam agindo como tontas?!

"E então, André, pronto para a nossa primeira aula?", perguntei.

"Também vou, se vocês não se importarem", a Chloe soltou uma risadinha.

"Eu também!", a Zoey gritou.

Foi quando notei um pequeno grupo de garotas, incluindo a MacKenzie, reunido. Elas estavam dando risadinhas e olhando para o André.

A MacKenzie abriu um sorrisão para o André e acenou.

"Oi, eu sou a MacKenzie Hollister! Bem-vindo ao WCD. Se precisar de alguma coisa, incluindo uma amiga INTELIGENTE, bonita e estilosa com quem passar o tempo, ME avise!"

Bem, pelo menos ela tinha razão a respeito da parte do bonita e estilosa.

Eu não podia acreditar quando ela começou a mexer e a remexer os cabelos, tentando hipnotizar o garoto para que ele caísse em seu feitiço do MAL (ela tinha tentado esse mesmo truque com o Brandon!)...

MACKENZIE, PAQUERANDO O ANDRÉ

Em todos os lugares a que íamos, as meninas paravam, encaravam, davam risadinhas e sussurravam.

Acho que poderíamos dizer que o André era um cara MUITO popular no meu colégio.

Era MUUUITO vergonhoso!

Acabei pedindo desculpas pelos comportamentos mais infantis.

Mas o André apenas sorriu e deu de ombros.

"Não tem problema, Nicole. Hoje eu sou o aluno novo. Mas amanhã todos vão ME IGNORAR, assim como fazem na Colinas de North Hampton", ele disse.

Infelizmente, as coisas ficaram meio tensas na aula de biologia.

Em todas as aulas, os professores permitiram que o André se sentasse ao meu lado, já que ele era aluno visitante.

Mas, quando o Brandon viu o André sentado na cadeira DELE, meio que ficou ali olhando para ele com uma cara que eu nunca tinha visto antes...

BRANDON CONHECE O ANDRÉ

O Brandon me encarou e então olhou para o André, para mim outra vez e então para o André e, por fim, para mim de novo, como quem diz...

NIKKI, **QUEM** É ESSE CARA E **POR QUE** ELE ESTÁ SENTADO NA **MINHA** CADEIRA?!!

Por fim, a professora pigarreou.

"Sr. Roberts, como o André será nosso aluno visitante durante esta semana, poderia por gentileza ocupar outra cadeira?"

"Hum... Claro!" Brandon deu de ombros enquanto se sentava na única cadeira vazia. "Ei, cara, bem-vindo ao WCD", ele meio que murmurou.

Por algum motivo, eu me senti mal pelo Brandon. A cena toda foi bem... **ESQUISITA!!**

Foi quando me ocorreu que, apesar de eu ter mencionado o lance de embaixadora de alunos com o André para a Chloe e a Zoey, eu tinha me esquecido totalmente de contar ao Brandon o motivo pelo qual eu havia cancelado a reunião mais cedo.

Não foi à toa que ele ficou meio confuso. E totalmente IRRITADO...

BRANDON, MEIO IRRITADO POR ESTAR SENTADO EM OUTRO LUGAR!

Além de ter perdido SEU lugar para um cara de uniforme da Colinas de North Hampton, agora ele estava PRESO ao lado da cabeça oca da MacKenzie.

Durante toda a semana!

Eu suspirei e mordi o lábio.

QUE MARAVILHA ☹!!

O André está no nosso colégio há menos de um dia, e a Chloe e a Zoey estão se derretendo e o Brandon está tão irritado que quase está soltando fumaça pelas orelhas.

Tenho a sensação de que vai ser...

UMA.

SEMANA.

MUITO LONGA!

☹!!

QUARTA-FEIRA, 28 DE MAIO — 10H50
NO MEU ARMÁRIO

O André e eu nos entendemos muito bem, e ele está se adaptando bem no WCD.

A maioria dos alunos parece ADORÁ-LO!

E quando digo "a maioria dos alunos", quero dizer... AS MENINAS

Alguns garotos parecem bem incomodados com toda a atenção que ele está recebendo.

"Qual é a do cara de uniforme engomadinho?!", ouvi alguns garotos reclamando ontem quando uma dúzia de meninas fez fila para tirar selfies com o André como se ele fosse uma celebridade ou algo assim.

Pessoalmente, acho que esses garotos estão com um pouco de inveja do André.

Pelo menos, o Brandon está sabendo levar tudo numa boa.

Ele me disse para não me preocupar em tentar ajudar com o site da Amigos Peludos, já que vou estar SUPERocupada com as minhas tarefas de embaixadora de alunos.

O Brandon é tão FOFO ☺!

(No entanto, hoje mais cedo ele me enviou uma mensagem de texto dizendo que mal pode esperar até o André voltar para Hogwarts, assim ele pode voltar para a sua mesa na aula de biologia.)

Só espero que o Brandon consiga deixar tudo pronto a tempo do evento beneficente anual, já que eles precisam de todo o dinheiro que puderem juntar para manter o centro de resgate de animais aberto.

A Chloe e a Zoey são minhas melhores amigas e eu amo as duas, mas elas têm agido de um jeito tão tolo e imaturo perto do André que é até VERGONHOSO!

O FIASCO da selfie ontem foi culpa DELAS. Elas praticamente IMPLORARAM para o André tirar uma selfie, e, para ser gentil, ele concordou.

Então nós quatro tiramos uma juntos...

ANDRÉ TIRA UMA SELFIE COM
A CHLOE, A ZOEY E EU

A MacKenzie estava no armário dela o tempo todo, fingindo que eu e minhas melhores amigas não EXISTÍAMOS.

Então é claro que ELA também pediu para fazer uma selfie com o André.

Depois disso, vieram duas meninas do grupo de teatro e depois o time INTEIRO das líderes de torcida!

Em pouco tempo, havia uma dúzia de meninas na fila, todas esperando para tirar uma selfie com o André.

Mas eis a parte MUITO esquisita!...

TODO MUNDO ficou falando como o André e eu formávamos um CASAL FOFO.

E eu fiquei, tipo: "Humm... NADA DISSO! Na verdade, somos apenas AMIGOS. Só estamos andando juntos porque eu sou uma embaixadora de alunos e isso é OBRIGATÓRIO".

Mas elas apenas sorriram como se eu estivesse MENTINDO e começaram a COCHICHAR.

Claro que eu quis saber o que estava acontecendo!

Então, para evitar todo o DRAMA que tinha rolado no dia anterior, enviei uma mensagem de texto ao André pedindo que ele me encontrasse na biblioteca. Pensei que podíamos ficar um pouco ali e depois ir direto para a aula.

Fiquei surpresa quando ele apareceu com uma embalagem da CupCakery...

ANDRÉ, TRAZENDO O CAFÉ DA MANHÃ

Ele tinha comprado suco de laranja e pãezinhos extragrandes com canela e cobertura de cream cheese. A melhor parte era que ainda estavam quentinhos!

Como eu tinha pulado o café da manhã para chegar a tempo no colégio, minha barriga estava roncando alto feito um caminhão de lixo.

AI, MEU DEUS! Estava tudo DELICIOSO!

"E aí, você tem algum plano interessante para o verão?", o André perguntou.

QUE MARAVILHA ☹!! A última coisa que eu queria era falar sobre o DESASTRE que estava marcado para o meu verão!

Ele deve ter visto a minha cara de desespero ou alguma coisa assim. Porque, mesmo depois de eu dar de ombros e dizer "Nada de mais", ele parou de comer e ficou me encarando.

"Sério?! Seus pais vão mandar você para um acampamento ou algo assim?", ele perguntou.

Em vez de responder, simplesmente dei uma grande mordida no meu pão de canela e mastiguei, tentando não parecer tão irritada quanto estava. Eu já tinha falado DEMAAAAIS sobre a minha vida RIDÍCULA naqueles e-mails que enviei ao André.

Ei, eu mal CONHEÇO o garoto!

"Bem que eu QUERIA que eles estivessem me mandando para um acampamento!", suspirei, por fim. "Nesse caso, eu não me sentiria tão culpada por ser egoísta e destruir totalmente os planos dos meus melhores amigos para o verão!"

"Nicole, você não me parece o tipo de pessoa que magoaria seus amigos de propósito."

"Olha, André, é MUITO complicado, e nós não temos tanto tempo assim", murmurei.

Ele olhou para o relógio.

"Na verdade, temos dois minutos e quinze segundos. Sugiro que você fale bem depressa!", ele sorriu.

Então, relutantemente, eu contei TUDO para ele!...

EU, DESABAFANDO COM O ANDRÉ!

"É sério, André! Vai ser um problema GIGANTE para MIM se eu decepcionar minhas amigas. Eu me importo muito com elas!", expliquei.

"Espera um pouco!", ele disse. "Me deixa ver se entendi direito. VOCÊ ganhou uma viagem com todas as despesas pagas por duas semanas para Paris para estudar no Louvre e está com receio de que suas amigas fiquem BRAVAS com você?! Sério? Sinto muito, Nicole, mas você precisa de amigas NOVAS!"

"Bom, não tenho CERTEZA de que elas ficariam bravas comigo. Mas eu ficaria brava COMIGO. Basicamente, estaria deixando as minhas melhores amiga e a turnê com a Bad Boyz de lado, algo que estamos planejando há MESES! Tipo... quem faz uma coisa dessas? Só a PIOR amiga de TODOS OS TEMPOS!", resmunguei.

"Vou ser muito sincero com você. Eu ADORARIA que você fosse a Paris, Nicole! Nós nos divertiríamos muito juntos, e eu poderia mostrar a cidade para você. Mas essa é uma decisão que só VOCÊ pode tomar."

"AI, MEU DEUS! Estudar arte em Paris seria a realização de um sonho. Todo mundo ficou muito FELIZ por mim quando contei. Acho que preciso me reunir com as minhas amigas e explicar que as duas coisas vão acontecer ao mesmo tempo. E, se eu for para Paris, NÃO vou poder participar da turnê da Bad Boyz. Só espero que elas não fiquem muito decepcionadas!"

De qualquer modo, depois de contar tudo ao André, decidi fazer algo maduro e responsável.

Mandei uma mensagem de texto para a Chloe, a Zoey e o Brandon pedindo para me encontrarem depois da aula na biblioteca, para falarmos de um assunto muito importante.

O André disse que eu não deveria me preocupar porque daria tudo certo. Fiquei tão grata pela ajuda e pelo conselho que eu disse que lhe daria um dos vales-presente da Queijinho Derretido que ganhei do meu pai.

Só espero que ele esteja certo!

☺!

QUARTA-FEIRA, 16H30
EM CASA, NA SALA DE ESTAR

AAAAAHHHH ☹!!

Certo. ESSA sou eu GRITANDO!!

POR QUÊ?

Porque estou tendo outro COLAPSO!!

SIM, eu sei! É o SEGUNDO da semana, e estamos apenas na quarta-feira!

Vou contar o que aconteceu...

A Chloe, a Zoey e o Brandon estavam animados para me encontrar na biblioteca depois da aula.

O André e eu estamos estudando juntos só há DOIS DIAS, mas meus amigos estavam agindo como se já fizesse duas SEMANAS.

"Nikki, sabemos que suas tarefas como embaixadora de alunos são obrigatórias, mas sentimos muita saudade de ficar com você!", a Zoey reclamou.

"Concordo totalmente!", a Chloe resmungou. "O André é um cara legal e bonito, mas parece que ele SEQUESTROU nossa MELHOR AMIGA!"

"Pois é! Alguém precisa dizer àquele cara que estamos no colégio, NÃO no JARDIM DE INFÂNCIA!", o Brandon falou. "Na minha opinião, acho que ele está a fim de você."

"Até parece! As coisas NÃO são assim!", protestei. "Qual é, pessoal. Sejam LEGAIS!"

Mas no fundo fiquei surpresa e muito lisonjeada pelo fato de o Brandon estar agindo com um pouco de ciúme. Talvez fosse um sinal de que ele gostava MESMO de mim.

Embora, para ser sincera, eu nunca havia pensado que um cara como o André pudesse estar interessado em uma garota legal e nada popular como... EU!

Quer dizer, ele poderia namorar uma daquelas lindas estrelas adolescentes da Disney.

Ei, eu já seria sortuda o bastante se tivesse UM garoto interessado em mim.

Mas DOIS garotos?!

AI, MEU DEUS!

Isso mais parece um conto de fadas...

Era uma vez uma princesa chamada Nikki, que estava de pé na varanda admirando seu vasto reino. De repente, o lindo príncipe Brandon apareceu e disse:

"Princesa Nikki, gostaria de sair para um passeio COMIGO pelos campos verdejantes?!"

Mas, antes que ela pudesse responder, o lindo príncipe André apareceu e disse: "Princesa Nicole, gostaria de passear COMIGO no campo?"

Então eles duelaram por ela com espadas...

BRANDON E ANDRÉ DUELAM POR MIM COM ESPADAS!

Zoey interrompeu meu devaneio: "E então, qual é a notícia importante? Estamos LOUCAS para saber!"

"É uma SURPRESA?!", a Chloe gritou. "Eu AMO surpresas!"

"Bem, na verdade, tem a ver com a turnê da Bad Boyz neste verão", respondi hesitante.

"Estou pronta para ARREBENTAR!", a Zoey exclamou. "Minha família vai passar duas semanas em Maui sem mim. Decidi que nossa turnê era mais importante!"

"É mesmo?!", murmurei.

"Sim, eu também!", a Chloe concordou. "Eu FINALMENTE consegui ingressos para a Comic-Con em San Diego. Mas abri mão deles, já que estaremos em turnê na mesma semana!"

"SÉRIO?!", gemi.

"A mesma coisa comigo", o Brandon emendou. "Eu estava na lista de espera de um acampamento de fotografia e descobri na semana passada que consegui uma vaga! Mas já abri mão porque estaremos em turnê em julho!"

"Você NÃO FEZ ISSO!", resmunguei.

Os meus três amigos ficaram me olhando com interesse, esperando que eu contasse minha notícia TÃO importante.

De repente, eu me senti muito... CULPADA! Cada um deles tinha feito um sacrifício pessoal para ir naquela turnê.

"Bom, na verdade, é MUITO difícil para mim encontrar as palavras certas", murmurei.

"Vamos, Nikki! Você pode nos contar QUALQUER COISA!", a Zoey me incentivou.

Respirei fundo e fechei os olhos.

"Certo! Chloe, Zoey e Brandon, eu sei que estamos planejando essa turnê com a Bad Boyz há MESES! Mas preciso que vocês saibam que... NÃO POSSO..."

Foi quando os meus melhores amigos me interromperam de um jeito muito animado e totalmente mal-educado...

MEUS MELHORES AMIGOS SUPEREMPOLGADOS

E então a Chloe, a Zoey e o Brandon começaram a comemorar! E a GRITAR! E a se cumprimentar!

Eles estavam agindo como se tivessem acabado de ganhar a Copa do Mundo ou algo assim.

De alguma forma, aconteceu uma ENORME falha de comunicação a respeito da turnê da Bad Boyz.

"Nikki, sabemos que nosso show é uma responsabilidade enorme para você", a Zoey disse de um jeito muito acolhedor.

"Mas lembre-se sempre de que ESTAMOS JUNTAS nessa!", a Chloe comentou, mexendo as mãos.

"É! ESTAMOS!", o Brandon exclamou.

E então os três me envolveram em um abraço coletivo!

A enorme demonstração de amor, apoio e entusiasmo dos meus amigos foi TÃO tocante que eu senti um ENORME nó na garganta.

Eu sabia que, CEDO ou TARDE, teria de contar a verdade a eles. Mas, naquele momento, eu meio que estava pendendo para...

TARDE ☹!

Mas, por mais que eu quisesse esperar, eu sabia que precisava passar por aquilo. Como me parecia quase impossível CONTAR a eles a notícia ruim, pensei que talvez fosse mais fácil se eu simplesmente MOSTRASSE a notícia ruim.

"Olha, pessoal, quero que vocês leiam um e-mail que recebi na segunda-feira. Isso vai ajudar a explicar tudo", falei.

Abri meus e-mails para lhes mostrar aquele que eu tinha recebido sobre a viagem a Paris.

Foi quando me dei conta de um e-mail novinho de uma rede social dizendo que um post em que tinham me marcado havia recebido mais de vinte e cinco comentários e curtidas.

Estava escrito: "Foto fofa do André e da Nikki!". Abri o e-mail e fiquei olhando para a foto, chocada...

EU, SURTANDO POR CAUSA DE UMA FOTO MINHA NA INTERNET!

FINALMENTE fez sentido por que todo mundo estava FOFOCANDO ontem sobre o André e eu sermos um casal.

Alguém tinha tirado uma foto minha e do André na escola.

Mas a placa que eu estava segurando havia sido alterada...

Nikki e André juntinhos no WCD. Que FOFO!

* * * * * * * * * *

GataDaSelfie: QUE FOFUUURA!

AmoGloss: Soube que eles se conheceram quando ela visitou o colégio dele.

NHH: Talvez seja AMOR à primeira vista?!

Perfeita: Eles são perfeitos juntos. Shipo os dois totalmente!

MeninaFeliz: Casal MAIS LINDO DE TODOS OS TEMPOS!

AmoGloss: Andar com ele é um progresso, depois de tanto tempo andando com aquelas melhores amigas tontas.

Diva124: Mas e o coitado do Brandon?

GataDaSelfie: Parece que ele vai ter que engolir isso.

Diva124: Eu fico com ele ☺!

* * * * * * * * * *

Como as pessoas podiam falar dos meus amigos daquele jeito?!

Eu não suportaria ler outro comentário! Quem quer que tenha postado aquela foto obviamente estava tentando causar um DRAMA, porque na placa DE VERDADE estava escrito: "Bem-vinda, Andrea, ao WCD!!"

E NÃO "Senti saudades, André!!"

Suspirei frustrada e saí daquele site.

Foi quando percebi que meus amigos AINDA estavam animados esperando que eu mostrasse a eles o e-mail que eu havia mencionado.

"E então, o que é que você precisa nos mostrar?", a Zoey perguntou. "É um e-mail do Trevor Chase?"

"AI, MEU DEUS! É um e-mail da BAD BOYZ! CERTO?!", a Chloe gritou histericamente. "Se for isso, eu acho que vou MORRER!"

QUE MARAVILHA ☹!

Até mesmo a minha ideia do e-mail tinha se tornado uma VERDADEIRA BAGUNÇA!

"Olha, pessoal! Eu sinto muito mesmo, mas uma coisa acabou de acontecer. Preciso muito ir nessa! Agora mesmo! A gente conversa sobre isso mais tarde, tá?", falei, tentando manter a calma.

"Aconteceu alguma coisa, Nikki?", o Brandon pareceu preocupado.

"Humm... NÃO! Eu só recebi um e-mail aqui... da minha, humm... MÃE! E preciso ir para casa para... humm... cuidar da Brianna. Tchau, pessoal!", eu falei bem depressa enquanto caminhava em direção à porta.

"O QUÊ?!", a Chloe e a Zoey perguntaram, confusas.

"Espera um pouco! Nikki, volta aqui! Tem certeza de que você..." Eu não ouvi o resto da pergunta do Brandon porque praticamente voei pelo corredor.

Eu tinha que sair dali antes que explodisse em lágrimas!

Agora estou escrevendo no meu diário tentando encontrar um jeito de consertar esse

DESASTRE!

Tenho certeza de que a Chloe, a Zoey e o Brandon ainda não viram aquele post.

Se tivessem visto, tenho certeza ABSOLUTA de que eles ficariam chateados demais para tocar no assunto.

Se/quando o Brandon descobrir, só espero que ele não acredite nessa fofoca maluca.

Pode ser que ele fique meio inseguro (e bem irritado!) por ouvir boatos de que o André e eu formamos um casal.

Eu já me sinto PÉSSIMA por ele!

E AGORA eu tenho que contar para as minhas melhores amigas sobre a viagem a Paris E sobre a fofoca sobre elas na internet.

AH, NÃO ☹! A Margarida roubou meu sanduíche e espalhou pasta de amendoim POR TODOS OS LADOS! Eu tive até que trocar de roupa!

QUE MARAVILHA ☹!! Agora tem alguém tocando a campainha.

AI, MEU DEUS! Não acredito que essa pessoa está aqui!

É o...

BRANDON?!

☹!!

QUARTA-FEIRA, 19 HORAS
EM CASA

O Brandon estava na porta da minha casa! Minha primeira reação foi...

NÃÃÃÃO ☹!!

Eu estava certa de que ele tinha visto minha foto na internet e havia corrido até a minha casa para me perguntar sobre ela.

Naquele instante eu tinha a oportunidade perfeita de ser uma adulta madura e responsável e contar ao Brandon a VERDADE sobre TUDO!!

Tipo...

O André e eu somos APENAS amigos.

Eu o vi pela primeira vez há menos de setenta e duas horas.

Estou planejando largar vocês, meus melhores amigos, e a turnê da Bad Boyz para ficar com ele em Paris por duas semanas!

Apenas ignorem quaisquer fotos que vocês virem de mim com o André.

E definitivamente não acreditem em nenhuma fofoca.

Infelizmente, tudo aquilo soava como um monte de MENTIRAS...

Até para MIM ☹!

E EU SEI a verdade!

Então como eu podia esperar que o Brandon acreditasse em mim?!!

A verdade é que ele provavelmente não acreditaria!

Eu não tinha escolha a não ser tentar convencê-lo.

Abri a porta, segurei Brandon pelos ombros e desesperadamente olhei dentro dos olhos dele.

"Escuta, Brandon! Sei que você está aqui, e não posso te julgar por estar chateado. Mas o André e eu somos APENAS amigos! Nada mais! Você precisa acreditar em mim!"

Ele só ficou me encarando, levemente surpreso e totalmente confuso...

BRANDON ME ENCARA, TOTALMENTE CONFUSO!

"Hum... tudo bem, Nikki. Acho que entendo. Isso quer dizer que o André vai te ajudar a treinar a Margarida? Porque hoje ela tem que aprender a sentar e a ficar sentada quando a gente mandar."

"AI, MEU DEUS! HOJE é quarta e temos o treinamento da Margarida! Então é-é por isso que você está aqui?!", gaguejei.

"Hum... é um momento ruim?", o Brandon perguntou.

"O QUÊ?! Quer dizer... CLARO que não! Só fiquei um pouco confusa, só isso!", falei como uma idiota. "A Margarida está no quintal."

"E todo aquele papo sobre o André?", o Brandon perguntou.

"Deixa pra lá! Vou pegar algo para bebermos e encontro você lá nos fundos daqui a alguns minutos, tá?"

Eu mal podia acreditar que o Brandon estava ali para a segunda aula de adestramento da Margarida!

NÃO para perguntar sobre o meu relacionamento com o André nem para me dizer que eu era uma amiga RIDÍCULA.

Eu me senti totalmente ALIVIADA!

Ei, por que ARRUINAR uma noite divertida com o meu crush?

Então eu decidi NÃO falar nada sobre a viagem para Paris, sobre a turnê da Bad Boyz, nem sobre a fofoca na internet.

Só...

MAIS TARDE!

Como estava uma noite quente, eu preparei uma deliciosa e refrescante limonada!

Eu estava carregando a bandeja de limonada até o Brandon quando me deparei com uma série de acontecimentos ruins...

BRANDON, VOCÊ QUER UM COPO DE...
SENTA, MARGARIDA!

. . . LIMONADA!!

NÃO, MARGARIDA!!

MENINA MALVADA!!

Graças à Margarida, o Brandon e eu tomamos um BANHO bem gelado e refrescante de LIMONADA!

Não tivemos a chance de beber o suco.

Mas a Margarida provou.

E ADOROU!

Quando terminamos a aula da Margarida, eu decidi que estava na hora de finalmente contar a notícia ruim.

"Olha só, Brandon! Eu agradeço muito por tudo o que você tem feito com a Margarida, mas preciso te dizer..."

"Nikki, você NÃO PRECISA me AGRADECER de novo!", o Brandon sorriu. Em seguida, ele afastou a franja dos olhos e sorriu para mim de um jeito tímido. "Gosto muito de ficar com você. Na verdade, eu queria saber se você... quer comer uma pizza na Queijinho Derretido este fim de semana."

"Claro, Brandon. Com certeza. Seria divertido", respondi de um jeito bem calmo.

Mas, bem lá no fundo, eu estava encantada e fazendo a minha "dancinha feliz" do Snoopy...

ÊÊÊÊÊ ☺!!

O BRANDON ME CONVIDOU PARA IR À QUEIJINHO DERRETIDO!!

Decidimos trocar mensagens no sábado de manhã para acertar os detalhes.

Sei que NÃO se trata de um encontro DE VERDADE!

Já que NÃO somos um casal DE VERDADE!

AINDA!

Mas...

MESMO ASSIM ☺!!

É quase, quase PERTO disso sem ser DE VERDADE.

Então decidi NÃO ESTRAGAR o momento falando de outras coisas.

Ei, quando a vida te der limões, faça uma limonada!

Só tente não DERRUBAR tudo em cima do CRUSH!

Tenho muita sorte de ter um amigo como o Brandon!

ÊÊÊÊÊ!!

☺!!

QUARTA-FEIRA, 21 HORAS
NO MEU QUARTO

O dia de hoje tem sido uma enorme MONTANHA-RUSSA emocional ☹!

Outra foto foi postada na internet há cerca de uma hora. Era mais fofoca sobre o André e eu...

Nikki e André matam aula para ficarem juntos?!

* * * * * * * * * *

GataDaSelfie: Isso não é proibido?!

AmoGloss: SÓ se eles forem flagrados ☺!

Diva124: Então eles podem acabar sendo advertidos. JUNTOS! Que romântico!

MeninaFeliz: Para onde eles foram?

Perfeita: Talvez à CupCakery? Em Paris! No jatinho particular da família dele!

GataDaSelfie: Que INVEJA!

AmoGloss: O coitado do André estava tentando se livrar das melhores amigas chatas dela, a Chloe e a Zoey!

* * * * * * * * * *

AI, MEU DEUS! Eu fiquei FURIOSA!

O André e eu NÃO matamos aula juntos!

Ele simplesmente tinha ido embora mais cedo para ir ao dentista. Queria saber quem é que anda postando esse LIXO?!

A julgar pelos nomes de usuários, consigo imaginar.

A AmoGloss provavelmente é a MacKenzie, e a GataDaSelfie provavelmente é a Tiffany, da Colinas de North Hampton.

Não faço ideia de POR QUE elas fariam isso comigo.

Bom, além do fato de as duas ME ODIAREM!

A parte HUMILHANTE é que a maioria dos alunos do WCD e da Colinas de North Hampton provavelmente vai ler aquilo e achar que é VERDADE!

Acabei de pensar que posts assim são considerados bullying virtual.

E tanto o WCD quanto a Colinas têm regras muito rígidas a respeito disso.

Às vezes, na vida, a gente tem que fazer a coisa certa, mesmo que seja difícil ou impopular.

O que significa que eu preciso ANALISAR uma questão muito COMPLEXA e DIFÍCIL...

POR QUE MINHA VIDA É UM MONTE GIGANTE DE COCÔ?!!

☹!!

QUINTA-FEIRA, 29 DE MAIO — 7 HORAS
NO MEU QUARTO

Saí da cama há trinta minutos, mas AINDA estou totalmente EXAUSTA, principalmente por estar muito PREOCUPADA e com INSÔNIA ☹!

Minha vida seria PERFEITA se eu pudesse dormir até tarde, assistir a desenhos, relaxar, comer uns petiscos gostosos, tirar um cochilo E ir para o colégio só durante METADE do dia.

SIM, eu admito. Eu ADORARIA voltar ao jardim de infância! Minha vida era TÃO simples naquela época.

Dei uma olhada nos meus e-mails e não vi nenhum post novo sobre o André e eu. Ainda bem!

RECEBI aquele pacote de informações sobre a viagem a Paris. Dizia que a duração do voo seria de sete horas e meia, o que é muito tempo.

Mas vai ser UM PASSEIO em comparação com a viagem HORRÍVEL de avião de noventa minutos que fiz com a Brianna no verão passado, quando fomos visitar a minha tia em Indiana.

Começou com uma espera bem grande na fila para passar pela segurança no aeroporto, na hora do embarque. O que significou passar por um labirinto lotado, tirando nossos sapatos e depois entrando naquele detector que mais parece uma nave espacial.

A Brianna estava entediada e enfiando um chiclete dentro do nariz (NÃO estou mentindo!), quando de repente ela apontou e gritou: "EI, OLHA!! UM CACHORRINHO!"

E havia mesmo um segurança com um pastor alemão na coleira procurando drogas, bombas e itens perigosos — ou o que quer que seja que aqueles cachorros tivessem sido treinados para encontrar.

"Brianna, aquele cachorro está ocupado trabalhando", meu pai explicou. "Então, por favor, querida, não o perturbe."

Apesar do aviso do meu pai, ela logo PASSOU POR BAIXO da divisória, correu até o cachorro e o abraçou bem forte.

Minha mãe arfou e saiu correndo atrás da Brianna.

Felizmente, o cachorro só a cheirou e lambeu...

O segurança com cara de poucos amigos fez uma careta para a Brianna e disse: "AFASTE-SE do cachorro, garota!"

A Brianna arregalou os olhos. Meus pais ficaram paralisados. Eu rapidamente agarrei a mão da Brianna.

"Desculpa, senhor. Ela é só uma garotinha", eu justifiquei.

Mas ele apenas nos encarou. "AS DUAS! AFASTEM-SE DO CACHORRO!", ele gritou.

A Brianna e eu voltamos para o nosso lugar na fila enquanto o cachorro abanava o rabo.

A pirralha da minha irmã quase tinha feito com que fôssemos presas por atacar com abraços um cachorro policial, e ainda nem tínhamos chegado ao avião.

Infelizmente, as coisas a partir daí só pioraram.

Como tínhamos saído de casa às seis da manhã, eu esperava que minha irmã dormisse no avião, mas estava redondamente enganada!

Ela estava tão ligada por causa do açúcar que tinha ingerido no café da manhã supercaro do aeroporto, com donuts e chocolate quente, que provavelmente passaria pelo menos uma semana sem dormir (Valeu mesmo, MÃE ☹!)

Para deixar as coisas ainda piores, era a primeira viagem de avião da Brianna.

E, infelizmente, não conseguimos quatro assentos todos juntos na mesma fileira, porque cada uma tinha só três.

Meus pais ficaram juntos, e eu fui obrigada a ficar com a Brianna algumas fileiras atrás.

A Brianna quis o assento da janela. Então eu fiquei presa entre ela e o executivo que não parava de me cutucar enquanto digitava no laptop.

"Por que não estamos voando?", ela perguntou dois segundos depois que nos sentamos.

"Brianna, as pessoas ainda estão entrando no avião", expliquei. "Vamos partir em breve, está bem?"

"E agora? Já deu a hora? Quando vamos voaaaar?!!", ela reclamou.

O cara do laptop estava tentando nos fuzilar COM OS OLHOS.

Bom, eu também queria que a Brianna calasse a boca. Mas por que ele estava olhando FEIO para MIM?!

Quando todo mundo estava acomodado, a comissária de bordo começou a dar as explicações sobre o que fazer se o avião CAIR no MAR.

Eu não vou mentir! Essa parte sempre me deixa um pouco nervosa. Então eu meio que entendi quando a Brianna começou a surtar.

Mas minha irmãzinha SURTOU de um jeito totalmente diferente!

"Meu cinto de segurança está preso o suficiente? Promete que você vai colocar a máscara de oxigênio em mim primeiro, Nikki! Um pouso NA ÁGUA?! Onde está o meu COLETE SALVA-VIDAS?", a Brianna foi entrando em pânico.

Então ela SAIU da poltrona e passou por baixo dela, apesar de o avião já estar taxiando.

AI, MEU DEUS! Quase tive um ataque do coração quando a Brianna pegou o colete salva-vidas que estava preso embaixo da poltrona dela.

"Ei! Ela não pode fazer isso!", o cara do laptop gritou, olhando para a frente.

"Sim, bom, e você não deveria estar usando o seu laptop durante a decolagem!", disparei de volta.

Mas eu só disse isso dentro da minha cabeça, então só eu mesma escutei.

Puxei a Brianna de volta para a poltrona e peguei o cinto de segurança dela.

Você já tentou prender o cinto de segurança em uma criança que está CHUTANDO, GRITANDO e tendo um CHILIQUE enquanto usa um COLETE SALVA-VIDAS dentro de um AVIÃO?!...

BRIANNA SURTANDO COMPLETAMENTE NO AVIÃO!

Bom, EU JÁ!

E é bem... IMPOSSÍVEL!

"Brianna, tire esse colete AGORA!", sussurrei. "E prenda o cinto de segurança!"

"Mas aquela moça disse que vamos fazer um P-POUSO NA Á-ÁGUA!!", ela gritou.

"Vamos voar de Nova York até Indiana. NÃO TEREMOS um pouso na água!", tentei explicar.

"Você não tem como saber COM CERTEZA!", ela choramingou.

"Na verdade... tenho, sim!"

"Mas e os lagos? E os rios? E... e... AS PISCINAS?", ela gritou.

Certo, talvez a minha irmã tivesse razão, mas mesmo assim.

Eu fiquei, tipo, DESCULPA, BRIANNA!

CAIR com o avião dentro de uma PISCINA é muito melhor do que passar MAIS UM MINUTO sentada ao seu LADO AQUI!

"Olha, Brianna, se você se acalmar, vou deixar você mexer no joguinho da *Princesa de Pirlimpimpim: Aventuras na ilha do bebê unicórnio* no meu celular, tá?"

Mas ela não respondeu, porque exatamente naquele instante o avião levantou voo. E a nossa decolagem mais pareceu uma montanha-russa subindo uma inclinação enorme.

Foi quando a Brianna começou a GRITAR! A plenos pulmões!

"Você pode, POR FAVOR, pedir para ela ficar quieta?!", resmungou o sr. Laptop.

"Desculpa!", respondi. "Brianna, olha para mim! Tá tudo bem! Você queria voar. Estamos voando! Como... como... fadinhas! Como... unicórnios!"

"Unicórnios não VOAM!", uma mulher murmurou atrás de mim. Ela NÃO estava ajudando. Obrigada por NADA, senhora!

(E eu SEI que unicórnios não voam, mas aquela situação era MUITO estressante, tá bom?)

"Hum, ela está bem?", perguntou a comissária de bordo, apoiando a mão no encosto da poltrona do sr. Laptop.

Acho que ela ainda não podia estar circulando, mas os gritos da Brianna eram difíceis de ignorar.

"NÃO muito!", respondi.

"Ela está... usando o COLETE SALVA-VIDAS?!", a aeromoça perguntou, sem acreditar.

DÃ! Aquela mulher só sabia falar o ÓBVIO!

"Gostaria de me sentar em outro lugar", disse o sr. Laptop.

"Brianna, querida, por que VOCÊ está gritando?", minha mãe perguntou, agora de pé em sua fileira.

"Senhora, POR FAVOR, sente-se! AGORA!", a comissária disparou para ela.

"É a MINHA filha!", minha mãe disparou de volta.

De repente, a Brianna parou de gritar e apontou pela janela. "Uau! Nuvens branquinhas feito algodão?!"

Depois disso, o sr. Laptop trocou de assento com a minha mãe, e a Brianna só voltou a GRITAR quando o avião passou por um pouco de turbulência...

E quando alguém deu descarga no banheiro do avião.

E quando a comissária ofereceu suco de maçã porque a companhia aérea não tinha suco da Princesa de Pirlimpimpim.

E quando estávamos pousando.

E quando demoramos dez minutos para sair do avião.

E no aeroporto, quando meu pai não a deixou ANDAR na esteira com as bagagens.

Eu NÃO podia acreditar quando a Brianna FINALMENTE decidiu dormir. Dentro do carro alugado, quando estávamos chegando na casa da minha tia!

"Ah, ela está dormindo como um ANJINHO!", minha tia disse, olhando para ela pela janela.

Apesar de a Brianna estar se comportando como o DEMÔNIO DA TASMÂNIA com um par de tênis rosa da Barbie, minha mãe CONCORDOU com ela!

Foi quando eu perdi totalmente o CONTROLE!

"É SÉRIO?! Se a Brianna é um ANJO, então talvez ela possa ir VOANDO sozinha de volta para casa. DESCULPA, pessoal! Mas eu NÃO VOU ficar sentada do lado DELA no voo de volta!"

Mas eu só disse isso dentro da minha cabeça, então só eu mesma escutei.

Ei, eu AMO muito a minha irmãzinha!

É só que às vezes eu não consigo parar de imaginar como seria minha vida como filha ÚNICA!

De qualquer modo, finalmente decidi contar ao Brandon sobre a viagem para Paris quando formos à Queijinho Derretido, no fim de semana.

Assim talvez nós dois possamos encontrar a Chloe e a Zoey na CupCakery para contar tudo a elas.

Eu decidi não me preocupar com aquelas fotos idiotas por enquanto.

O último dia do André no WCD é amanhã, e depois disso ele vai voltar para a Colinas de North Hampton.

Então vai ser impossível postarem novas fotos, já que não estaremos mais próximos.

Acho que os HATERS terão de encontrar outra coisa para fazer.

Ainda bem que todo esse drama com as fotos vai acabar DAQUI A DOIS DIAS!

Só espero que os meus melhores amigos não as vejam antes disso.

Dedos cruzados!

Eu já sinto como se um peso enorme fosse retirado dos meus ombros.

☺!!

QUINTA-FEIRA, 12H20
NO MEU ARMÁRIO

Bom, meu dia está praticamente ARRUINADO ☹!

Uma foto nova foi postada há duas horas...

Nikki e André juntinhos para tirar selfies superfofas!

* * * * * * * * * *

MeninaFeliz: Owww! Eles não formam o casal perfeito?

AmoGloss: A Nikki AINDA nega que eles estão juntos. Nikki, estamos de olho, querida!

GataDaSelfie: Pois é! Ela não engana ninguém! Essa menina é um ESCÂNDALO!

Perfeita: Eu simplesmente não acredito que ela largou o Brandon para ficar com esse idiota! Sou Time Brandon para sempre!

Diva124: Time Brandon eternamente! O que o André tem que o Brandon não tem?

AmoGloss: Essa é fácil! Ele é francês, gentil e tem muita GRANA! Tudo o que o Brandon tem é um sorriso bonito e uma câmera velha e empoeirada. Eu não consigo entender por que é que ele AMA sair por aí com animais pulguentos! Bom, eu me refiro aos de quatro patas, não a Chloe, Zoey e Nikki.

GataDaSelfie: HAHAHA!! Menina, essa DOEU!

* * * * * * * * * *

Foi quando parei de ler.

Aqueles posts eram CRUÉIS!

Suspirei e controlei as lágrimas.

Então eu analisei a foto cuidadosamente, me esforçando para lembrar quando é que o André e eu tínhamos feito selfies.

Olhando pela roupa que eu estava vestindo, aquela foto só podia ser de terça-feira.

Foi quando de repente eu lembrei que a Chloe, a Zoey, o André e eu tínhamos feito uma selfie juntos naquele dia.

Mas parecia que a Chloe e a Zoey tinham sido totalmente cortadas da foto.

Obviamente, alguém queria fazer parecer que o André e eu estávamos tirando selfies juntos porque estávamos super a fim um do outro.

O que era uma BAITA MENTIRA!!

Fiquei TÃO...

BRAVA ☹!

Mas não TANTO quanto fiquei com a foto que tinha sido postada havia dez minutos...

Nikki e André dividem um doce!

* * * * * * * * * *

GataDaSelfie: AI, MEU DEUS! Isso é TÃÃÃOOO romântico!

Diva124: Bom, está na cara que eles estão namorando sério.

Perfeita: Nikki! Como você pôde fazer isso?

AmoGloss: Espere só até o Brandon descobrir. Observar a vida amorosa dela se tornar esse desastre é demais! Estou ADORANDO!

GataDaSelfie: Eu também! As coisas estão esquentando! E já peguei meu balde de pipoca!

AmoGloss: Estou devorando uns docinhos e meus óculos 3D. HAHAHA!

MeninaFeliz: Hum... acho que vocês duas estão gostando disso um pouco demais.

Diva124: Por que de repente fiquei com vontade de comer um pãozinho doce de canela com cobertura de cream cheese?

Perfeita: Eu também! Vamos nos encontrar na CupCakery depois da aula.

* * * * * * * * * *

Parei de ler e enfiei o celular dentro da bolsa.

Eu queria...

GRITAAAARRR ☹!!

O André e eu estávamos comendo doces, mas cada um estava com um!!

Mas, por algum motivo, apenas UM apareceu na foto!

O MEU ☹!!

Não TINHA COMO nós dois estarmos sentados na biblioteca como namoradinhos dividindo um pedaço de bolo de casamento!

Ei, eu mal CONHEÇO o cara!

E, para piorar as coisas, parece que a escola toda está FOFOCANDO a meu respeito.

Bom, pelo menos a maioria das GDPs (garotas descoladas e populares).

A MacKenzie e suas amigas estavam cochichando sobre mim enquanto eu estava no meu armário.

Meu estômago estava revirando MUITO, e eu seria capaz de vomitar na sandália plataforma muito linda da MacKenzie.

Se eu não estivesse com tanto MEDO de o Brando ver aquelas fotos, pensar o pior, ficar chateado e NUNCA mais falar comigo, eu correria até a secretária, ligaria para a minha mãe e iria para CASA!

Mas, em vez de fazer isso, pretendo ir direto para a aula de biologia e AVISAR o Brandon sobre o que anda acontecendo!

Antes que seja tarde demais!

☹!

QUINTA-FEIRA, 15H30
NO DEPÓSITO DO ZELADOR

No momento, estou dentro do depósito do zelador, escrevendo isto aqui e tentando não ter um COLAPSO completo!

AI, MEU DEUS! A MacKenzie Hollister é...

TOTALMENTE MALDOSA ☹!

QUANTO?!!

Ela é TÃO maldosa que, se eu estivesse no HOSPITAL, ela DESLIGARIA MEUS APARELHOS para poder usar a tomada para carregar o CELULAR DELA!

Assim que terminei de escrever meu último relato no diário, peguei meus livros, parei no armário do André (ei, ele faz parte das minhas obrigações diárias!) e segui direto para a aula de biologia.

Mas infelizmente eu havia chegado TARDE DEMAIS, por segundos...

A MACKENZIE MOSTRA AS FOTOS PARA O BRANDON!

Eu fiquei ali parada SURTANDO enquanto o Brandon rolava as fotos pela tela. Ele pareceu chocado, surpreso e magoado! Tudo ao mesmo tempo...

BRANDON OLHA PARA AS FOTOS!

Naquele momento, eu só queria cavar um buraco bem grande ao lado da minha mesa, RASTEJAR ali para dentro e MORRER!!

Quando a aula começou, eu pude praticamente sentir o Brandon olhando para a parte de trás da minha cabeça.

Mas sempre que eu me virava para olhar em seus olhos, ele encarava o livro de biologia.

É claro que a MacKenzie estava ali com um SORRISINHO bem grande estampado na cara.

Ela estava MUITO orgulhosa de si mesma por DESTRUIR a minha amizade com o Brandon.

Eu senti vontade de me aproximar dela e dizer:

"Parabéns, MacKenzie!", e cumprimentá-la!

Na CARA. Com uma CADEIRA!

Brincadeirinha ☺!

SÓ QUE NÃO ☹!

É sério! Aquela garota tem sorte por eu ser uma pessoa da paz e nada violenta.

Eu apenas a ignorei totalmente quando ela começou a OLHAR para mim com CARA DE MÁ...

A MACKENZIE, OLHANDO PARA MIM
COM CARA DE MÁ

Tipo, QUEM FAZ ISSO?!!

Assim que a aula acabou, o Brandon agarrou a mochila e rapidamente passou por mim, saindo da sala.

Praticamente todo mundo na sala já sabia da fofoca e estava NOS ENCARANDO.

"Brandon, espera! Preciso muito falar com você!", eu disse, indo atrás dele no corredor. "Em particular. Podemos nos encontrar no seu armário depois das aulas?"

"Na verdade, Nikki, eu preciso cuidar do site da Amigos Peludos com alguns voluntários depois da aula. Estou ficando acordado até tarde a semana toda, e ainda não estou nem na metade. E agora minha lição de casa está se acumulando", ele disse, olhando para o chão.

Eu tinha de admitir, ele parecia exausto.

Eu não tinha notado as olheiras dele até aquele momento.

"Bem, e que tal amanhã cedo?", perguntei.

"Vou chegar uma hora mais cedo amanhã. Mas estarei ocupado na biblioteca, tentando terminar toda a minha tarefa, que era para ONTEM e HOJE", ele murmurou frustrado.

"Você pode me dar um ou dois minutos?", praticamente implorei. "Se tiver tempo..."

"A verdadeira pergunta é: VOCÊ tem tempo?", Brandon questionou, finalmente me encarando. "Parece que você anda muito ocupada com o seu NOVO trabalho da escola!"

"Trabalho?! QUE trabalho?", perguntei, confusa.

De repente, o Brandon estreitou os olhos e olhou para além de mim.

"Oi, Nicole", o André disse, me entregando minha mochila. "Melhor a gente ir, ou vamos nos atrasar para a aula. Ah... oi, Brandon."

"NICOLE?! Quem é... Nicole?", Brandon perguntou, me encarando, depois o André e então me olhando. "Deixa pra lá. Preciso ir. Até mais."

Ele suspirou, enfiou as mãos nos bolsos, virou e se afastou.

"O que há de errado com ELE?", o André deu de ombros. "Ele está agindo como se a MELHOR AMIGA dele tivesse acabado de MORRER!"

"Na verdade, ela MORREU!", suspirei, contendo as lágrimas enquanto observava o Brandon desaparecer pelo corredor.

☹!

SEXTA-FEIRA, 30 DE MAIO — 7 HORAS
NO MEU QUARTO

AI, MEU DEUS! Todo aquele drama na aula de biologia de ontem foi...

HORRÍVEL!

Eu não fazia ideia de que o Brandon estava se sentindo sobrecarregado.

Ele tem passado tanto tempo trabalhando no projeto da Amigos Peludos que se atrasou com a lição de casa e começou a ter dificuldades no colégio.

E, como se isso não fosse EXAUSTIVO o bastante, ele TAMBÉM tem ido à minha casa DUAS VEZES por semana para treinar a Margarida.

Sinceramente não posso julgar o Brandon por se sentir meio inseguro em relação à NOSSA amizade se eu mesma tenho passado tanto tempo com o André.

Aquelas fotos provavelmente foram um enorme TAPA na cara e o deixaram muito mal.

E agora não consigo tirá-lo da cabeça! Ele parecia tão TRISTE sentado ali sozinho...

BRANDON NO COLÉGIO

Obviamente, quem é que tenha postado aquelas fotos está tentando machucá-lo E prejudicar a nossa amizade.

Mas tenho que admitir, eu TAMBÉM sou responsável. Eu estava TÃO envolvida em meu mundinho, preocupada com os meus problemas, que basicamente ignorei o Brandon.

Eu me senti muito MAL por ter decepcionado meu amigo daquele jeito ☹! Eu não tinha o que fazer a não ser tentar me desculpar com ele de alguma maneira, sabe-se lá como.

O Brandon tinha me pedido para desenhar alguns dos filhotes que recentemente tinham chegado à Amigos Peludos, mas eu havia me distraído com minhas tarefas de embaixadora dos alunos.

Então, ontem à noite, depois de terminar a lição de casa, eu trabalhei nos desenhos dos filhotes por HORAS! Terminei quando já era mais de meia-noite.

Sei que sou a ÚLTIMA pessoa com quem o Brandon quer falar no momento. Então decidi escrever uma cartinha para ele.

Pretendo entregá-la com os desenhos dos cachorrinhos quando o encontrar no colégio hoje...

Oi,

Por favor, me diga o que achou dos quatro desenhos. Eu acho que eles vão chamar MUITA atenção na internet!

Aliás, podemos sair para conversar mais tarde? É sobre algo meio importante. Tá bom, MUITO importante! Tão importante que estou tentando contar para você há uma semana, mas não consigo.

Foi difícil encontrar o momento certo, já que nós dois andamos muito ocupados. Então vamos sair no sábado! Pode ser à uma da tarde na Queijinho Derretido? Envie uma mensagem de texto para confirmar. Depois da semana estressante que tivemos, vai ser divertido comer alguma coisa e relaxar com você!

Nikki

Dobrei a carta, enfiei no envelope e escrevi o nome do Brandon.

É difícil acreditar que hoje é o último dia do André no WCD. A semana passou muito depressa. Apesar de todo o DRAMA que a visita dele criou, eu gosto muito dele e o considero um novo amigo. Mas infelizmente, estou me sentindo mais confusa do que nunca sobre ter que escolher entre a turnê da Bad Boyz e a viagem para Paris. Então decidi escrever uma carta para o André...

Oi,

Não consigo acreditar em como essa semana passou depressa! A boa notícia é que você sobreviveu a ela ☺.

Agora vem a parte esquisita... queria que você soubesse que ainda estou pensando no que discutimos. E, para ser sincera, eu ainda não sei como me sinto.

Ter que escolher entre duas coisas com as quais me importo é MUITA pressão! Por um lado, quero escolher o que é familiar e o que me deixa feliz. Por outro, quero algo novo, com aventura e emoção.

Estou TÃO dividida!! Talvez eu esteja com medo de decepcionar as pessoas. Ou talvez eu esteja apenas com medo de me comprometer. Vou precisar de mais tempo para entender as coisas.

Espero que você entenda! Quando eu tomar minha decisão, com certeza vou te contar. Independentemente do que eu decidir, ainda assim gostaria que continuássemos amigos, se não tiver problema para você. Espero te ver por aí.

Nikki

P.S. Aqui está aquele vale-presente para uma pizza GRÁTIS na Queijinho Derretido. APROVEITE! ☺!

Enfiei a carta em um segundo envelope e escrevi o nome do André nele. Então enfiei as duas cartas e os desenhos em uma pasta e coloquei tudo dentro da mochila.

Parece que FINALMENTE estou retomando o controle da minha vida. A boa notícia é que na segunda-feira meus horários voltam ao normal e terei duas aulas e o almoço com a Chloe e Zoey de novo! ÊÊÊÊÊ ☺!

AI, MEU DEUS! Elas NÃO vão acreditar em todas as coisas HORROROSAS que a Mackenzie fez comigo esta semana. Mal posso esperar para contar tudo para elas.

Mas o mais importante é que vou precisar MUITO que minhas melhores amigas me ajudem a acertar as coisas com o Brandon ☺!!

SEXTA-FEIRA, 9H55
NO MEU ARMÁRIO

Cheguei ao colégio quinze minutos mais cedo, como eu tinha planejado.

Esperava que fosse tempo suficiente para encontrar o Brandon e lhe dar os desenhos e a carta.

Era o primeiro passo para reconstruirmos nossa amizade.

Ontem ele tinha mencionado que estaria na biblioteca tentando fazer a lição de casa atrasada, então meu plano era começar por ali.

Como o dia estava quente e com muito vento, decidi passar pelo banheiro das meninas só para ter certeza de que meus cabelos não estavam bagunçados e que não tinha nenhum resto de comida nos meus dentes.

Mas, assim que entrei, senti o estômago revirar sem parar e pensei que certamente acabaria vomitando o pão que tinha comido no café da manhã...

POR QUÊ?! Porque a Mackenzie estava no espelho, se lambuzando com nove camadas de brilho labial...

ENCONTREI A MACKENZIE NO BANHEIRO DAS MENINAS!

Eu não tinha prova nenhuma! Mas tinha MUITA certeza de que ela havia tentado destruir a minha amizade com o Brandon postando fotos na internet alteradas no Photoshop e se certificando de que ele as visse.

Eu só fiquei ali parada olhando para ela.

"Oi, Nikki! ADOREI suas fotos! Pode usar o espelho. Se é para ser DUAS CARAS, que pelo menos UMA delas seja bonita!"

"Sei que você postou aquelas fotos, apenas admita, MacKenzie!", disparei de volta.

"E daí se eu fiz isso? Você deveria me agradecer. Agora você está um pouco mais popular no colégio do que as manchas na privada! Parabéns, querida!"

"MacKenzie, fazer BULLYING VIRTUAL é ERRADO! Eu adoraria EXPLICAR esse conceito de um jeito que você pudesse entender, mas não tenho FANTOCHES, NEM MASSINHA E GIZ DE CERA!"

A MacKenzie se virou e me encarou.

"Nikki, estou TÃO cansada de você! Você ganha tudo de bandeja, mas não merece nada. EU deveria estar fazendo essa turnê da Bad Boyz. E, assim que você deixar seus amiguinhos para passear em Paris com o André, a VAGA de vocalista vai ser toda MINHA! Para ser sincera, não entendo o que o André e o Brandon veem em você. Eles deveriam ser obcecados por MIM! Acho que você é irresistivelmente ADORÁVEL e BOBOCA como uma cachorrinha!"

"Espere um pouco. Você está fazendo tudo isso só para poder fazer a turnê? Será que você consegue perceber que está MAGOANDO outras pessoas? Tipo, os meus AMIGOS?!", exclamei.

"Desculpa, Nikki! Você deve estar me confundindo com alguém que se IMPORTA! Esse seu DRAMINHA de banheiro vai acabar logo? Porque eu preciso fazer xixi!"

Parecia que a MacKenzie não tinha escutado NEM uma única palavra do que eu havia dito. Ela era IMPOSSÍVEL!

"Escuta aqui, Nikki! Você pode me fazer um grande favor e ficar dentro de um cubículo até eu sair? Seu vestido feio não combina nada com meu gloss labial, e isso está me dando ENXAQUECA!"

Quando encontramos uma pessoa MALUCA, às vezes é melhor não perder tempo nem energia tentando CONVERSAR com ela. Então eu virei e me afastei.

É MUITO mais importante que eu tente encontrar o Brandon e entregar a ele os desenhos.

Mas, quando cheguei à porta da biblioteca, de repente me dei conta de que estava sem a minha mochila.

QUE MARAVILHA ☹!!

Eu a havia deixado no BANHEIRO!!

Com... a MACKENZIE HOLLISTER ☹!!

Eu me virei e voltei apressada pelo corredor rumo ao banheiro. Eu SABIA que a minha mochila já era!

Mas a MacKenzie não deve ter notado que ela estava embaixo da pia, porque CONTINUAVA ali...

ENCONTREI A MINHA MOCHILA!

Olhei dentro dela e vi minha carteira, meu telefone e meu livro.

Meus desenhos estavam na pasta, e, quando olhei nos envelopes, as cartas ainda estavam ali.

UFA ☺!!

Voltei correndo para a biblioteca.

Meu coração disparou quando vi o Brandon sentado em uma mesa dos fundos, debruçado em cima de um caderno.

"E aí, Brandon?", falei animada. "Tenho uma surpresa! É para o site da Amigos Peludos."

Ele não respondeu, nem mesmo olhou para mim. Talvez estivesse mais chateado comigo do que pensei.

Fiquei paralisada, sem saber o que fazer.

"Humm, Brandon, você está bem?"

Foi quando finalmente notei que ele estava ainda mais exausto do que no dia anterior. O coitadinho devia ter ficado em casa.

Eu não tive coragem de incomodá-lo. Então caminhei até ele na ponta dos pés e em silêncio deixei os desenhos dos cachorrinhos e minha carta sobre a mesa, ao lado do caderno dele...

BRANDON, EXAUSTO,
DORMINDO NA BIBLIOTECA!

Fiquei com pena do Brandon.

Ele era TÃO dedicado à Amigos Peludos e aos animais (como à minha cachorra MALUCA, a Margarida), que tinha se esgotado totalmente.

Senti vontade de acordá-lo, de agradecer por todo o trabalho e dar um SUPERABRAÇO. Mas não fiz isso. Fiquei ali parada olhando.

De repente, ficou muito claro para mim como eu queria passar o verão.

O André é um cara inteligente, bonito e fascinante. E Paris é uma das cidades mais interessantes do mundo.

Mas prefiro passar o verão com o meu CRUSH de bom coração, o Brandon.

Mal posso esperar para contar a ele como eu me sinto.

☺!!

SÁBADO, 31 DE MAIO — 23H15
NO MEU QUARTO

Tudo bem, eu acho que provavelmente este meu texto vai ser O MAIOR DE TODOS no diário!

Em primeiro lugar, eu não fazia a menor ideia se o Brandon apareceria na Queijinho Derretido.

Eu havia pedido para ele me enviar uma mensagem de texto confirmando se sábado à uma da tarde era um bom horário, mas ele não respondeu.

Eu estava começando a ficar preocupada pensando que talvez ele ainda estivesse MUITO BRAVO comigo ou alguma coisa assim. Mas eu não podia culpá-lo.

Se eu tivesse ME TRATADO como tratei o Brandon, eu teria me EXCLUÍDO no FACEBOOK!

Cheguei na Queijinho Derretido quinze minutos antes do horário marcado e estava muito nervosa. Mas logo deu uma da tarde e além.

Foi quando tudo ficou MUITO claro.

MEU CRUSH TINHA ME ABANDONADO!!...

EU, TENDO UMA CRISE MUITO SÉRIA DE PAIXONITE

AI, MEU DEUS! Meu PIOR medo tinha se tornado realidade.

Eu estava sofrendo daquela perigosa complicação da paixonite sobre a qual a Chloe e a Zoey tinham me ALERTADO!

Perdi o controle e tive um colapso bem ali na mesa, enquanto todo mundo no restaurante olhava para mim.

Por fim, a garçonete se aproximou e sorriu com simpatia.

"Querida, você está esperando aqui há um tempo. Quer fazer o pedido agora?"

"Hum... acho que vou esperar mais uns minutos", murmurei.

"Bem, fique à vontade, mas eu acho que ELE NÃO VEM! Provavelmente você está apenas perdendo tempo", ela disse e se afastou.

Eu NÃO podia acreditar que a garçonete tinha dito aquilo para mim. QUE GROSSEIRA ☹!!

POR QUE é que ela estava cuidando da minha vida daquele jeito? Eu nunca tinha visto aquela moça na vida!

Pensei seriamente em reclamar com a gerência.

Mas então eu me lembrei dos vales-presente da Queijinho Derretido que meu pai tinha me dado.

Se eu reclamasse da garçonete, poderia acabar estragando a relação de trabalho do meu pai.

Eu tinha perdido totalmente a esperança e estava dando uma olhada no cardápio para viagem quando ouvi uma voz conhecida...

"DESCULPA, ESTOU ATRASADO. TOMARA QUE VOCÊ NÃO TENHA ESPERADO POR MUITO TEMPO!"

Que sorte! Não vou sair daqui chorando com o coração despedaçado, mastigando um pedaço de pizza, afinal, pensei com alegria ☺!

Olhei para a frente, ESPERANDO ver o meu crush, o Brandon...

MAS ERA O ANDRÉ!

"Ah, oi, André!", eu disse, tentando não parecer tão decepcionada quanto me sentia. "Como você está? Hum... o que VOCÊ está fazendo aqui?"

"Bem, fui convidado por alguém muito especial!", ele disse com um sorriso enorme. "Estou aqui para desejar felicidade e celebrar o seu sucesso!"

Não tive como não notar os balões e a caixa da CupCakery que ele estava segurando.

"Então você está aqui para uma festa ou algo assim?", perguntei, meio confusa.

O André parecia meio velho demais para ser convidado para uma festa infantil na Queijinho Derretido. Mas, ei, quem era eu para julgar!

Ou talvez estivesse ali para o PRÓPRIO aniversário.

"Ai, meu Deus, André! É SEU aniversário hoje? Se for, o mínimo que posso fazer é, humm... comprar umas fichas para a área de jogos. Preciso confessar que a pipoca é meio murcha, e, independentemente do que fizer, NÃO entre no campinho de futebol. A minha irmã mais nova, a Brianna, disse que uma criança vomitou ali na última vez em que viemos aqui."

O André riu.

"Você tem um senso de humor incrível, Nicole. Mas NÃO é meu aniversário. Ah, quase me esqueci. Aqui está, pra VOCÊ!"

Ele me entregou um minibuquê de balões e a caixa da CupCakery.

"Trouxe alguns doces franceses para você. Apenas um aperitivo das coisas TOTALMENTE INCRÍVEIS que você vai experimentar durante o verão em Paris!", ele disse, animado.

"André, você NÃO tinha que fazer isso! Eu só estava cumprindo meu papel de embaixadora. Afinal, era OBRIGATÓRIO. Eu não tive escolha."

"Mas EU TENHO escolha! E quero que você fique com os presentes", ele sorriu. "Vou pedir pratinhos para a garçonete. Você devia experimentar o croissant de chocolate enquanto ainda está quente. Já volto!"

"Mas e a festa, aquela que você disse que foi convidado? Não quero que deixe de ir por minha causa", eu disse enquanto ele se afastava e desaparecia no restaurante lotado.

Curiosa, eu abri a caixa e espiei lá dentro, para os doces. Pareciam deliciosos!

De repente eu me assustei com uma voz bem atrás de mim. Eu me virei e vi um cara me olhando...

ERA O BRANDON!!

"AI, MEU DEUS! Brandon, você está AQUI!", falei. "Estou TÃO feliz por ver você!"

"Que bom. Também estou feliz por ver você", ele corou.

"Mas o que você está fazendo com essa pizza? Eu nem olhei o cardápio ainda", falei.

"Comprei para viagem. Só passei para retirar. Ainda estou trabalhando no site, então vou comer a pizza na Amigos Peludos", o Brandon explicou.

"Você quer comer a pizza na Amigos Peludos, e não AQUI? Bom... tudo bem. Por mim, tudo bem", dei de ombros. "Na verdade, assim teríamos mais privacidade para conversar. Vou avisar à garçonete."

"Obrigado pela pizza e pelos desenhos. Ficaram DEMAIS, Nikki! Eu planejava enviar uma mensagem falando sobre eles para você mais tarde."

"Que bom que eu pude ajudar", falei. "Bom, agora que você finalmente está aqui, PRECISAMOS muito conversar. Tentei explicar tudo na minha carta."

"É, eu recebi a sua carta", o Brandon suspirou. "Tenho que admitir que, depois de ler, eu estou um pouco... Não, eu estou MUITO confuso."

"Sente-se e vamos conversar. Vou explicar tudo, incluindo todo o drama com as fotos, tá?"

"Claro. Mas, para ser sincero, acho que eu devo desculpas a VOCÊ", o Brandon disse com timidez enquanto afastava a franja dos olhos. "Você sabe... pelo modo como tenho agido ultimamente."

"Na verdade, eu devo um pedido de desculpas a VOCÊ, Brandon."

"Olha, também acho que devemos conversar. Mas agora eu preciso ir pagar a pizza com o vale-presente. Não quero que pensem que eu estava tentando ROUBAR", o Brandon brincou.

"Pois é, o meu pai me deu uns vales-presente também", eu ri. "Vou usar um deles para pagar essa refeição."

"Tá bom. Já volto", o Brandon disse ao caminhar em direção à fila do caixa.

Foi quando o André voltou.

"Tudo certo. A garçonete vai trazer os pratos", ele disse.

"Ótimo! Bom, obrigada pelos doces e pelos balões. Foi bom conversar com você, André."

E então, por algum motivo, ele se sentou à mesa, pegou o cardápio e começou a ler. Depois ficou me olhando e sorrindo.

"Bom, eu li a sua carta, Nicole. Sei que a gente só se conhece há uma semana, mas parece um ano. Sinceramente, nunca pensei que você sentiria por MIM a mesma coisa que sinto por VOCÊ!"

"AI, MEU DEUS! André, VOCÊ está repensando a ideia de passar o verão comigo em Paris TAMBÉM! Que ALÍVIO! Ótima notícia! Eu estava torcendo para você entender!"

"Hum... na verdade, NÃO estou entendendo!", André resmungou. "Estou um pouco confuso."

"Como eu disse na minha carta, se eu mudar de ideia, te aviso! Agora, acho que você deveria ir para aquela festa. Eu odiaria se você a perdesse!"

"Você não para de falar dessa tal festa. QUE festa?!", o André perguntou, soando meio irritado.

"A festa para a qual você disse ter sido convidado. Não lembra?"

Foi quando ouvi alguém pigarrear meio alto.

Era o BRANDON!

Ele estava de volta e NÃO parecia muito feliz por ver o André sentado ali. E o André NÃO parecia muito feliz por ver o Brandon.

Os dois ficaram se encarando pelo que pareceu, tipo, UMA ETERNIDADE.

E então nós três tivemos uma conversa muito profunda e importante...

ANDRÉ?!
BRANDON!

NICOLE?!
PARABÉNS!!
CupCakery

"Então, Brandon...", falei animadamente. "Por que você não... humm... se senta?"

"NÃO POSSO!", Brandon resmungou. "O André está na minha CADEIRA! De novo! Isso está se tornando um PÉSSIMO hábito, cara! Qual é o seu problema?"

"Oi, Brandon!", André pareceu sério. "O que VOCÊ está fazendo aqui?"

"Não, a pergunta é O QUE VOCÊ está fazendo na MINHA cadeira?", o Brandon resmungou.

Eu não podia acreditar que o Brandon e o André estavam sendo TÃO imaturos. Eles estavam começando a me irritar.

"Na verdade, o André só parou para falar oi. Ele veio aqui para uma festa de aniversário", expliquei.

"Não. Tem. FESTA. Nenhuma!", o André sussurrou.

O Brandon estreitou os olhos para o André. "Mas está escrito 'Parabéns' no balão. Por quê?"

O André cruzou os braços e deu uma risadinha para o Brandon.

"A Nikki ganhou uma viagem para PARIS! Vai durar catorze dias em julho, e eu me ofereci para apresentar a cidade para ela. Ela não te contou?!"

O Brandon fez uma cara de quem tinha levado uma bolada no nariz.

"Hum... NÃO! Ela NÃO me contou. Mas o que a Nikki ME CONTOU é que ela ia fazer a turnê da Bad Boyz durante todo o mês de julho, e eu acreditei nela. Mas agora não sei NO QUE acreditar. Nikki, a sua carta começou a fazer muito mais sentido..." o Brandon parou de falar e pareceu muito magoado.

"Na verdade, André, ainda não consegui contar ao Brandon sobre a viagem a Paris", falei.

"OOPS!", o André deu de ombros. "FOI MAU!"

"Nikki, por que você não me contou?", o Brandon perguntou. "Essa notícia é muito importante! E afeta TODOS os nossos planos para o verão."

"Bom, eu tentei contar para você, para a Chloe e para a Zoey, na quarta-feira. E tentei dizer de novo na quinta, mas você não falou comigo! Foi por isso que escrevi a carta", expliquei.

"Está bem, Nikki. Só tenho uma pergunta", Brandon sussurrou, olhando para o chão. "Você estava falando sério com o que disse na carta? Preciso saber."

"Sim, Brandon, eu estava falando SERÍSSIMO. E eu estava falando sério no que escrevi na carta para você também, André. Eu ficaria muito feliz se vocês DOIS me deixassem fazer as minhas ESCOLHAS. Tentem se dar bem e parem de agir como meninos de quatro anos."

"Você tem razão, Nikki", o Brandon disse com seriedade. "Só quero que você seja FELIZ! E, se isso significa ir para Paris, então é o que eu desejo para você. Olha, preciso ir. A pizza está esfriando. Então eu... humm... te vejo por aí. Quem sabe."

Ele se virou e caminhou em direção à porta.

"Olha, Brandon, você não tem que ir embora. Ainda precisamos conversar. No mínimo, te devo uma explicação. ESPERA!", eu disse enquanto tentava conter as lágrimas.

Mas o Brandon me ignorou e continuou andando.

Ele parou na porta, olhou para trás, para mim, e então a abriu e foi embora.

Naquele momento, ficou bem claro que a nossa amizade, ou o que quer que fosse que tínhamos, estava oficialmente encerrada ☹.

AI, MEU DEUS! Não acredito que já passou da meia-noite. Estou mental e fisicamente EXAUSTA só de escrever sobre tudo isso.

Acho que vou acabar este texto...

AMANHÃ!

Agora preciso dormir um pouco!

☹!!

DOMINGO, 1º DE JUNHO — 13H30
NO MEU QUARTO

Eu ainda não me recuperei muito bem de todo o drama na Queijinho Derretido. Foi SURREAL!

Infelizmente, não vou ter muito tempo para escrever no meu diário hoje porque minha mãe está me obrigando a levar a Brianna para assistir *A Princesa de Pirlimpimpim salva a ilha do bebê unicórnio: parte 9* ☹!

Depois disso, pretendo fazer uma maratona de reprises da série *Minha vida muito rica e fedida!*, jantar, fazer a lição de casa e dormir.

Bom, onde foi mesmo que eu parei?... Eu estava praticamente em prantos na Queijinho Derretido quando o Brandon partiu. Ele me olhou triste por sobre o ombro, então abriu a porta e foi embora.

Foi quando minhas melhores amigas, a CHLOE E a ZOEY, entraram CORRENDO no restaurante, GRITANDO como se o cabelo delas estivesse PEGANDO FOGO!!...

MINHAS MELHORES AMIGAS, A CHLOE E A ZOEY, CHEGANDO NA QUEIJINHO DERRETIDO

"AI, MEU DEUS! Ainda bem que encontramos você, Nikki!", a Chloe gritou, meio sem fôlego.

"A gente ligou para a sua mãe, e ela disse que você estava aqui!", a Zoey gritou animada.

O QUE é que está acontecendo?, eu me perguntei. E então cada uma delas segurou o Brandon por um dos braços e praticamente o arrastaram de volta para a minha mesa.

"Escutem, Chloe e Zoey", o Brandon resmungou, "a última coisa que eu quero é atrapalhar o encontro da Nikki. Então eu estava de saída..."

"BRANDON! SENTA AÍ!", a Chloe e a Zoey gritaram para ele.

O Brandon piscou surpreso, puxou uma cadeira de uma mesa próxima e logo se acomodou.

"Então, pessoal", o André disse. "Eu sei que vocês são amigos e tal. Mas a Nicole ME convidou pessoalmente para falar sobre os planos para o verão. Acho que vocês precisam respeitar a nossa privacidade."

Foi quando a Chloe perdeu a cabeça totalmente. "Olha só, sr. Engomadinho! Você pode conversar com a Nicole quanto quiser. Mas fique longe da nossa melhor amiga, a Nikki! Estou avisando! Eu pratico caratê, kung fu, judô, tae kwon do e pelo menos cinco outras palavras perigosas!", ela vociferou.

"Mostra pra ele, amiga!", a Zoey disse. "E EU TENHO...! Espera, sei que coloquei aqui em algum lugar", ela disse, vasculhando dentro da bolsa.

De repente, ela pegou o celular.

Que MARAVILHA ☹! A Chloe e a Zoey agindo feito búfalos e ameaçando meu novo amigo, André, com violência!

SÓ para tirar mais algumas SELFIES bonitas com ele?!

Achei PÉSSIMO!

A Zoey tocou a tela de seu telefone algumas vezes.

"E eu tenho... ISTO! Uma FOTO que incrimina!"

Ela mostrou o celular para o André.

"Pode me explicar ISTO, André?", a Zoey gritou.

"Humm... parece uma menina de pijama rosa com uma máscara, dançando e fazendo uma escova de cabelos de microfone?", ele deu de ombros.

"Ah, espera! Esta sou eu! Foto errada!", ela riu com nervosismo e tocou a tela do celular de novo.

Então ela mostrou o telefone para o André de novo.

"Certo, explique ISTO!"

"Humm... é uma senhora com um chapéu de festa, soprando velas em um bolo de aniversário", ele disse.

"Ops! Esta é do aniversário de setenta e cinco anos da minha avó. Foto errada de novo. Este aparelho IDIOTA é muito sensível ao toque", ela resmungou.

Eu apenas revirei os olhos. O Brandon balançou a cabeça sem acreditar. O André parecia meio entediado.

"Certo, vamos tentar MAIS UMA VEZ! Explique... ISTO!", a Zoey disse.

O André olhou para o telefone com um sorrisinho. Mas o sorriso logo se transformou em preocupação...

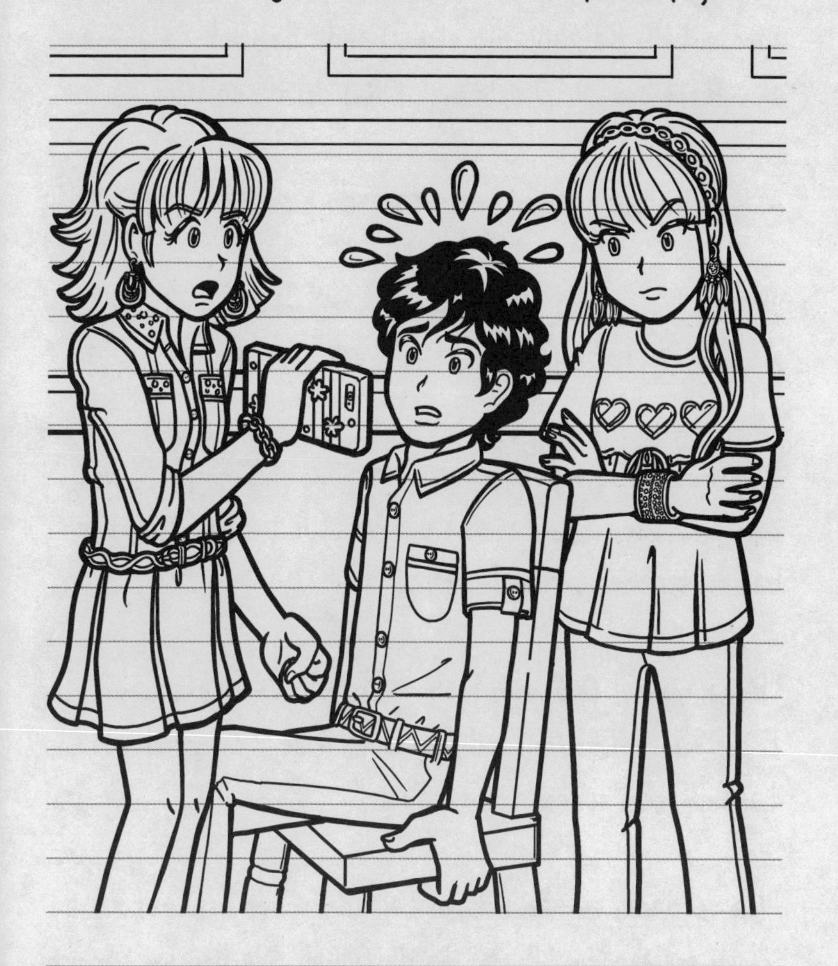

ZOEY, INTERROGANDO O ANDRÉ

Coitado do André, pensei. Parecia que as minhas melhores amigas finalmente tinham descoberto nossas fotos na internet.

A Queijinho Derretido é conhecida por sua diversão, que apresenta o Rato Queijo e sua banda de rock de animais animatrônicos. NÃO pelo meu DRAMA de colégio!

Mas as pessoas estavam me encarando e comendo pipoca ☹!

"Nikki, estamos aqui para dizer que você está comendo pizza com uma RATAZANA encardida!", a Zoey soltou em voz alta.

Bem naquele momento, Queijo, o rato, estava passando com uma bandeja de pizza e ouviu. Ele parou na hora e baixou a cabeça, com tristeza.

"Poxa, Zoey! O Queijo é um rato, não uma ratazana. E ele não é TÃO encardido assim", falei. "Os roedores também têm sentimentos, sabia?"

"Na verdade, eu não estava falando sobre esse rato!", a Zoey esclareceu. "Hum... me desculpa!", ela deu um sorriso tímido para o rato. "TUDO BEM?!"

Queijo, o rato, assentiu e fez um joinha com a mão, se afastando de um jeito bem alegre.

"Eu estava falando do MALANDRO duas caras aqui!", a Zoey apontou.

Pensei que ela estivesse falando do Willy Malandro, que tocava guitarra no palco da Queijinho Derretido. Mas ela estava apontando para o André, que olhou para trás com uma cara preocupada.

"André?!", falei, chocada. "Zoey, do que você está falando? Você está cometendo um erro ENORME."

A Chloe deu um tapinha no ombro da Zoey.

"Eu assumo a partir de agora", ela disse de um jeito meio irritado, como um policial sério. *Ah, não*, pensei. A Chloe é a minha melhor amiga e tal, mas às vezes ela consegue ser tão... DEMAIS!

"E então, Chloe e Zoey, vocês aceitam um? Estão deliciosos!", o André disse com nervosismo ao oferecer um doce francês para elas.

"Cara, o ÚNICO motivo pelo qual estamos aqui é... DERRUBAR. VOCÊ", a Chloe disse, balançando o dedo na cara dele. "Ninguém mexe com a nossa melhor amiga! Mesmo que tenha docinhos deliciosos de derreter na boca, que ainda estão quentinhos e com um aroma delicioso!"

Ela pegou a caixa de doces da mão do André e enfiou um na boca...

CHLOE, COMENDO MEUS DOCES DE CHOCOLATE!

"Estou confiscando isto como... humm... evidência! Preciso degustar cada um deles por motivos de segurança!", a Chloe murmurou com a boca cheia.

"Chloe, RELAXA!", gritei. "Deixa o André em paz! E POR FAVOR me diga o que está acontecendo!!"

"Nikki, alguém está postando fotos alteradas na internet para criar fofocas maldosas sobre você estar paquerando o André descaradamente", a Zoey explicou. "E estão postando comentários ruins a respeito de TODOS nós. Chegaram a chamar você, a Zoey e eu de PULGUENTAS!"

"NÃO somos pulguentas!", a Chloe retrucou com raiva, as mãos apoiadas nos quadris. "A Zoey e eu só pegamos PULGAS naquela vez em que ajudamos o Brandon a dar banho nos cachorros da Amigos Peludos. Mas não foi culpa DELE termos esquecido de usar o antipulgas nos bichinhos!"

"Obrigada por terem vindo aqui me contar sobre isso. Mas eu já sei", falei.

"SABE?", a Chloe e a Zoey ficaram surpresas.

"Sim, e o Brandon também sabe. E você acabou de contar ao André. Acho que a GataDaSelfie é a Tiffany, e a MacKenzie é a AmoGloss. A MacKenzie meio que admitiu que postou as fotos. Mas tenho certeza de que ela vai MENTIR, como sempre faz, se a acusarmos de bullying virtual para o diretor Winston. Vamos precisar de mais PROVAS!"

"Bem, aqui vai mais uma peça do quebra-cabeça!", a Zoey disse, mostrando para mim e para o Brandon aquela foto no seu celular.

Eu pensei que fosse uma das fotos que estavam na internet, mas NÃO ERA!

AI, MEU DEUS! Eu não podia acreditar no que estava vendo...

CHOCANTE!

Nós quatro ficamos apenas OLHANDO para o André como se ele fosse algo nojento que a Margarida tivesse deixado no sofá.

"Olha, essa foto NÃO é o que parece. Nicole, você precisa a-acreditar em mim! P-posso explicar!", o André gaguejou.

"Tudo bem, André. Você tem exatamente UM minuto", falei, tentando manter a calma. "Comece a EXPLICAR!"

Talvez HOUVESSE uma explicação perfeitamente inocente para o que vimos naquela foto ☺! Mas, pelo que estava parecendo, era provável que NÃO ☹!

OH-OH! Minha mãe me ligou.

Preciso parar de escrever agora.

Está na hora de sair para uma viagem EMOCIONANTE para assistir a outra aventura CATIVANTE com a Princesa de Pirlimpimpim e a pirralha da minha irmã.

POR QUE é que NÃO sou filha única?!

☹!!

SEGUNDA-FEIRA, 2 DE JUNHO — MEIO-DIA
NO DEPÓSITO DO ZELADOR

Eu achei que conhecia o André muito bem. Ele parecia um cara muito bacana, mas acho que me enganei.

Eu estava feliz por passar um tempo com ele, porque ele disse que tinha acabado de começar a estudar na Colinas de North Hampton e não tinha nenhum amigo.

Ele também tinha dito que detestava ser o "aluno novo" e queria muito se enturmar.

Eu me senti EXATAMENTE do mesmo jeito quando cheguei ao Westchester Country Day.

AI, MEU DEUS! Foi HORRÍVEL! Nas primeiras semanas de aula, eu andava pelos corredores como um ZUMBI!

Ninguém conversava comigo e eu ficava sentada sozinha no almoço todos os dias. A MacKenzie sempre se esforçava para ARRASAR com a minha vida!

Então a foto no celular da Chloe me deixou assustada!...

ANDRÉ NA CUPCAKERY COM A MACKENZIE E A TIFFANY?!

Não sei por que, mas TANTO a MacKenzie quanto a Tiffany ME ODEIAM ☹!!

E agora parece que o André é AMIGO delas E tem AJUDADO as duas a postar as fotos e a fazer comentários maldosos na internet.

A Chloe e a Zoey estiveram na CupCakery mais cedo naquele dia e viram os três juntos. Elas tinham tirado aquela foto para me mostrar.

Eu me senti anestesiada. Eu estava tão magoada e ferida, que senti vontade de CHORAR!! Eu pensei mesmo que ele fosse meu amigo.

O André estava falando, mas eu não estava ouvindo.

"... então eu me sentei à mesa delas por um minuto só para ver o que estavam fazendo e para falar oi. Então peguei os docinhos e vim direto para cá. Essa é a verdade, Nicole!"

Nós quatro ficamos olhando em silêncio para o André. E então a Chloe pigarreou. "André, você gostaria de saber o que estamos pensando agora?"

Ele abriu um sorriso amarelo e pareceu esperançoso. "Claro, Chloe. Adoraria saber o que você tem a dizer."

"ANDRÉ, ESSA É A HISTÓRIA MAIS IDIOTA QUE JÁ OUVIMOS, UM MONTE DE MENTIRAS, SEU RIDÍCULO!", ela gritou.

"Olha, sinto muito se vocês não acreditam em mim. Mas isso NÃO vai me impedir de fazer a coisa certa!", o André falou, se levantando para sair. "E, Nicole, eu sempre..." Ele olhou para o Brandon e parou no meio da frase.

Não sei por que, mas de repente me senti MUITO confusa. E se o André estivesse falando a verdade?

Nós observamos enquanto o André caminhava até a porta.

Ele olhou com tristeza para mim por sobre o ombro e abriu a porta.

Foi quando a MacKenzie e a Tiffany entraram depressa, gritando a plenos pulmões, como se tivessem enlouquecido...

"ANDRÉ! SEU LADRÃO! VOCÊ ESTÁ MUITO ENCRENCADO!", a MacKenzie gritou.

"DEVOLVA O MEU TELEFONE AGORA!", a Tiffany berrou. "SEI QUE VOCÊ ESTÁ COM ELE!"

Cada uma delas agarrou um dos braços dele e as duas praticamente o arrastaram de volta à nossa mesa. Minhas amigas e eu ficamos olhando, sem conseguir dizer nada. O QUE estava acontecendo?!

A grande pergunta era quando a MacKenzie e a Tiffany tinham se tornado membros do clubinho EU ODEIO O ANDRÉ? Estavam TODOS na CupCakery uma hora antes FOFOCANDO como melhores amigos. Alguma coisa não estava CHEIRANDO NADA BEM!

"Sabe de uma coisa, Tiffany? NÃO acredito em você, nem um pouquinho", falei. "VOCÊ roubou o livro do professor Winter e então disse para ele que eu tinha feito isso, lembra? E AGORA está dizendo que André roubou o seu telefone. Pode ser que você não seja uma MENTIROSA doentia, mas aposto que chega bem perto!"

"Tiffany, concordo totalmente com a Nikki", o Brandon disse. "DETESTO admitir, mas eu não acho que o André roubou seu telefone! Ele pode ser um cara frio, mentiroso e traiçoeiro, mas acho que não é um LADRÃO nojento."

A Chloe e a Zoey concordaram com a cabeça...

PARECIA QUE O ANDRÉ ESTAVA SENDO JULGADO E QUE NÓS ÉRAMOS O JUIZ E O JÚRI!

Mas o que aconteceu em seguida QUASE fez a minha cabeça EXPLODIR!

"Na verdade... EU SOU, sim, um LADRÃO nojento!", o André confessou, como se fosse uma coisa qualquer.

ENTÃO ELE ACABOU TIRANDO O CELULAR DA TIFFANY DO BOLSO TRASEIRO!

Todo mundo se assustou! Eu não podia acreditar no que estava vendo!

"Viu, Nikki? Eu disse que o André era bem suspeito!", a Chloe exclamou. "Alguém chame a POLÍCIA! Depressa!"

"Me deixa explicar, tá bom?", o André pediu. "Enquanto eu estava na CupCakery comprando os doces, ouvi a Tiffany e a MacKenzie falando sobre as fotos que tinham postado na internet. Eu as vi postando comentários horrorosos em um site usando o telefone da Tiffany. Então eu simplesmente o peguei emprestado para ter provas do que estavam fazendo. Vou devolvê-lo mais tarde."

"Cara, isso não é crime?", o Brandon disse.

"Como podemos saber que você não ROUBOU os doces também?", a Chloe gritou. "AI, MEU DEUS! Comi coisa ROUBADA! Vou para a CADEIA!"

"Você NÃO vai sair impune depois de roubar o meu celular, André!", a Tiffany gritou. "Se mexeu comigo, vai ter PROBLEMAS! Devolva agora mesmo! Ou... vou contar para a MAMÃE!"

"Não, não vai, Tiffany!", o André rebateu. "Porque... EU VOU CONTAR PARA A MAMÃE!! Desculpa, mas você está FERRADA! Por ter perseguido as pessoas de novo! Tenho todas as provas de que preciso aqui. A mamãe provavelmente vai te colocar de castigo durante metade do verão e vai te obrigar a fazer serviço comunitário no centro de auxílio a idosos. Como da última vez!"

"André, não OUSE contar à mamãe! POR FAVOOOOR!", a Tiffany resmungou. "DETESTO ser voluntária no centro de idosos. Prefiro COMER cinco tubos de creme dental E ME AFOGAR num balde de antisséptico!"

"Calma! Calma! Calma!", a Zoey interrompeu.

"Tiffany, vou deixar você terminar!", ela acrescentou. "Mas... o ANDRÉ É SEU IRMÃO?!!"

Minha cabeça estava RODANDO!

"Somos irmãos, MAS NÃO DE SANGUE!", o André respondeu. "Minha mãe é casada com o pai da Tiffany."

Foi quando minha cabeça EXPLODIU!! CABUM!!

"Quem precisa de pizza? Temos DRAMA à vontade por aqui!", a Zoey balançou a cabeça.

"Tiffany, o que você e a MacKenzie fizeram foi simplesmente... CRUEL!" Eu fiquei TÃO brava que poderia... CUSPIR!

"AI, MEU DEUS! Você está mesmo tentando me humilhar por ter praticado bullying na internet?", a Tiffany disse. "Meu celular foi ROUBADO e meu verão foi DESTRUÍDO! Isso me torna a VÍTIMA aqui! E COMO é que vou conseguir tirar SELFIE de hora em hora sem celular, Nikki?!"

"Sinto muito, garota, só que não!", rebati.

"Tiffany, estou chocada! Como você pôde ter sido tão maldosa com a Nikki? As garotas nada populares também têm sentimentos, sabia?!", a MacKenzie disse, caminhando em direção à porta. "Eu adoraria ficar mais um tempinho aqui, mas preciso ir lavar os cabelos para o meu sono de beleza! Tchau!"

"Ah, não vai, não!", a Tiffany segurou o braço da MacKenzie. "O xampu não vai dar jeito nessas suas pontas duplas. Você precisa ir a um lava-rápido! Além disso, como você pode abandonar a sua melhor amiga desse modo?!"

"Ah, para com isso, Tiff! Mas eu não sabia desse seu jeito!", a MacKenzie disse friamente. "Além disso, a Jessica é a minha melhor amiga de verdade, não você. Então tanto faz."

"Ótimo! Quem precisa de uma melhor amiga como você, não é mesmo?", a Tiffany falou. "E, colega, você não precisa de um sono de beleza para consertar essa cara! Precisa HIBERNAR! Até a próxima PRIMAVERA! E, antes de sair, por que você não conta a todos como mexeu na mochila da Nikki e TROCOU as cartas do Brandon e do André? Se eu CAIR, você vai CAIR COMIGO!"

A MacKenzie arregalou os olhos para ela. "Tiffany, toda aquela fofoca dizendo que você apunhala os outros pelas costas é verdade! A BATERIA do meu celular dura MAIS do que as suas AMIZADES!"

MACKENZIE E TIFFANY COMEÇAM A DISCUTIR!

Em seguida, a MacKenzie se virou para mim. "Nikki, você tinha razão sobre a Tiffany. Ela É MAIS mentirosa do que eu! SINTO MUITO por ela. Eu a abraçaria, mas não quero ficar com os braços DORMENTES! Eu prefiro ser sua amiga."

Ficou bem claro que a MacKenzie estava apenas tentando escapar da confusão que ela e a Tiffany tinham armado.

Já o André tinha ficado estranhamente quieto.

"Hum... Tiffany, o que você quis dizer sobre as cartas terem sido trocadas? Então eu recebi a carta que era para o Brandon?"

"Isso mesmo, Romeu. Não me diga que você pensou que a Nikki estava mesmo a fim de você?!", a Tiffany riu com crueldade. "Ela não convidou VOCÊ para vir à Queijinho Derretido, ela convidou o Brandon! A MacKenzie tem o QI de um giz cor de laranja, mas ela jogou com vocês como quem joga videogame. Vocês, seres apaixonados, se deixam enganar por tudo!"

O André e o Brandon pareceram chocados.

Então era POR ISSO que os dois vinham agindo de um jeito tão esquisito desde que tinham recebido minhas cartas.

Eu me senti muito mal pelos dois.

"Bem, meninos, sinto muito pelas cartas. Vocês não merecem isso e eu peço desculpas."

"Não precisa se desculpar, Nicole", o André respondeu. "Sinto muito por ter sido meio... humm... exagerado. Acho que eu estava só um pouco confuso."

"A mesma coisa comigo", o Brandon disse . "No mínimo, NÓS dois devemos um pedido de desculpas a VOCÊ, Nikki!"

"Meninos, vocês sabem o que QUERO mais do que um pedido de desculpas? Quero que vocês se entendam e PAREM de brigar por causa de CADEIRAS!", eu brinquei.

"Ei, André, eu me enganei a seu respeito", o Brandon disse. "Você não é um cara que faz bullying virtual nem ladrão. Na verdade, você é LEGAL! Para um francês, pelo menos."

"Digo o mesmo, meu amigo", o André sorriu. "O fato de você ter percebido isso mostra que você é bem esperto. Para um americano, pelo menos."

Então eles trocaram um cumprimento. Eu apenas revirei os olhos. Pelo menos agora eles estavam agindo como meninos de seis anos, não mais de quatro.

"AAAA... TCHIM!", a Chloe fingiu um espirro. "Nikki, você não quer o resto destes doces, não é? Acabei espirrando neles sem querer. Foi mau!"

"Adoro finais felizes!", a Zoey disse. "Quem está a fim de um abraço coletivo?"

A Zoey, o André, a Chloe, o Brandon e eu nos unimos em um abraço coletivo. A Tiffany e a MacKenzie ficaram atrás da gente, com cara de poucos amigos.

"Tudo isso foi uma ideia IDIOTA SUA!", a Tiffany reclamou. "E agora o meu verão está ARRUINADO!"

"Não, foi uma ideia IDIOTA SUA!", a MacKenzie resmungou. "É você a obcecada em postar SELFIES nas redes sociais!"

"Bom, acostume-se, amiga! Nós DUAS vamos tirar MUITAS selfies juntas este verão quando formos OBRIGADAS a trabalhar como voluntárias no centro de auxílio a idosos!", a Tiffany respondeu.

Tiffany e MacKenzie se MERECEM totalmente.

Apesar de todo o drama de garota malvada das duas, consegui sobreviver às histórias de um crush nem um pouco secreto!

AI, MEU DEUS! Estou aqui escrevendo há tanto tempo, que me atrasei para a aula de biologia!

Preciso ir!!

☺!!

TERÇA-FEIRA, 3 DE JUNHO — 17H30
NO MEU QUARTO

Hoje foi o último dia de aula!

ÊÊÊÊÊ ☺!!

O que significa que as MINHAS FÉRIAS DE VERÃO oficialmente começaram!

Brandon foi à minha casa para fazer mais um treinamento de obediência com a Margarida. Acho que o treinamento está sendo superútil e ultimamente tenho notado uma drástica melhora no comportamento dela.

Hoje teve aula de socialização para que a Margarida pudesse aprender a se dar bem com outros cachorros.

O Brandon trouxe três cachorros da Amigos Peludos para ficar com ela.

Mas, infelizmente, o Brandon e eu nos distraímos um pouco. Acho que NÓS dois provavelmente socializamos MAIS que os CACHORROS...

LIXO

OOPS!!
LIXO
LEITE

Pensando bem, talvez as aulas da Margarida NÃO TENHAM ajudado muito. Humm... talvez ela precise de MAIS aulas. Tipo, TODO DIA. Vou falar sobre isso com o Brandon ☺!!

Ainda não tomei uma decisão sobre a turnê da Bad Boyz e a viagem a Paris.

A Zoey e o Brandon acham que eu deveria ir para Paris, porque eu amo arte e será uma experiência que vai mudar a minha vida!

A Chloe e o André acham que eu seria LOUCA de não fazer a turnê, porque eu vou me divertir MUITO e Paris, no fim das contas, estará lá...
PARA SEMPRE!

Não tenho certeza DO QUE vou fazer. Talvez eu devesse tentar AS DUAS COISAS!? Porque às vezes é preciso ser a BELA e a FERA! Desculpa, não consegui evitar...

EU SOU MUITO TONTA!

☺!!

AMOR CANINO ☺!!

AGRADECIMENTOS

Um agradecimento especial à minha diretora editorial INCRÍVEL, Liesa Abrams Mignogna. Livro após livro, sua paixão e suporte pela série Diário de uma Garota Nada Popular é inigualável. Obrigada por me ajudar a crescer como autora e por dar vida ao mundo emocionante da Nikki.

A Karin Paprocki, minha diretora de arte MARAVILHOSA. Estou animada com a evolução da nossa série e por ver como cada capa é linda e criativa, assim como o livro. À minha INCRÍVEL editora, Katherine Devendorf, obrigada por fazer com que uma tarefa difícil e inconcebível se tornasse tão fácil.

Um agradecimento especial ao meu agente FENOMENAL na Writers House, Daniel Lazar. Amo saber que os seus sonhos e aspirações para o Diário são tão grandes e espetaculares como os meus! Você é inteligente, íntegro, engraçado e sincero. Tudo que valorizo em nossa ótima amizade.

À minha equipe FABULOSA na Alladin/Simon & Schuster: Mara Anastas, Jon Anderson, Julie Doebler, Carolyn Swerldloff, Nicole Russo, Jenn Rothkin, Ian Reilly,

Christina Solazzo, Rebecca Vitkus, Chelsea Morgan, Lauren Forte, Crystal Velasquez, Michelle Leo, Anthony Parisi, Christina Pecorale, Gary Urda e à equipe toda de vendas. Obrigada por todo o trabalho e dedicação. Vocês são realmente insubstituíveis.

Um agradecimento especial à minha família na Writers House, Torie Doherty-Munro e aos agentes de direitos internacionais, Cecilia de la Campa e James Munro, por seu apoio de primeira. E a Deena, Zoé, Marie e Joy, obrigada pela ajuda.

À minha talentosa e criativa ilustradora, Nikki, e à minha supertalentosa e sagaz coautora, Erin: Eu me considero muito sortuda por poder trabalhar com as minhas filhas nada populares, que foram a inspiração para esta série. E a Kim, Don, Doris e à família toda! Obrigada pelo amor e por valorizarem tudo relacionado aos livros.

Sempre se lembrem de deixar seu lado NADA POPULAR brilhar!

© SUNA LEE

Rachel Renée Russell é autora número um na lista de livros mais vendidos do *New York Times* pela série de sucesso Diário de uma Garota Nada Popular e pela nova série Desventuras de um Garoto Nada Comum.

Rachel tem mais de trinta milhões de livros impressos pelo mundo, traduzidos para trinta e sete idiomas.

Ela adora trabalhar com suas duas filhas, Erin e Nikki, que a ajudam a escrever e a ilustrar seus livros.

A mensagem da Rachel é: "Sempre deixe o seu lado nada popular brilhar!"

Há um garoto nada comum na área!

Confira a seguir um trecho das

desventuras de Max Crumbly,

o novo amigo do Brandon e da Nikki!

1. MINHA VIDA SECRETA DE SUPER-HERÓI ZERO

Se eu tivesse SUPERPODERES, a vida no ensino fundamental II não seria uma DROGA.

Eu NUNCA mais perderia aquele ônibus idiota outra vez, porque simplesmente VOARIA para o colégio!...

DEMAIS, né? Isso faria de MIM o cara mais MANEIRO do colégio!

Mas vou contar um segredo para você. Ser bombardeado por um passarinho feroz NÃO é maneiro. É simplesmente... NOJENTO!!

TV, revistas em quadrinhos e filmes fazem essa coisa toda de super-herói parecer fácil pra CARAMBA. Mas não É! Portanto, não acredite em PROPAGANDA ENGANOSA.

Você NÃO descola superpoderes dando uma passada em um laboratório, misturando uns líquidos coloridos e brilhantes e simplesmente BEBENDO...

EU, PREPARANDO UM SABOROSO MILK-SHAKE DE SUPERPODERES

Como eu sei que isso não funciona?...

"OOPS!"

Em outras palavras...

Será que Max vai encontrar uma maneira de usar seus superpoderes para derrotar o valentão da escola e salvar o dia?

MAX CRUMBLY ESTÁ PRESTES A ENTRAR NO lugar mais assustador que ele já conheceu: o Colégio South Ridge.

Tem muita coisa legal na escola nova, mas também tem um grande problema: Doug, o valentão local, que tem como passatempo favorito trancar Max dentro do armário.

Se ao menos Max pudesse ser como os super-heróis de seus quadrinhos preferidos... Só que, infelizmente, sua habilidade quase sobre-humana de sentir cheiro de pizza a um quarteirão de distância não vai exatamente salvar vidas ou derrotar algum vilão.

Mas isso não significa que Max não vai dar tudo de si para ser o herói de que a escola precisa!!